夏不绿——
著

你的恋爱，
暂停 ❚❚ 了
几年

NI DE LIAN'AI
ZANTING LE JI NIAN

台海出版社

图书在版编目（CIP）数据

你的恋爱，暂停了几年 / 夏不绿著 . -- 北京：台
海出版社，2021.8

ISBN 978-7-5168-3045-1

Ⅰ．①你… Ⅱ．①夏… Ⅲ．①短篇小说—小说集—中
国—当代 Ⅳ．① I247.7

中国版本图书馆 CIP 数据核字（2021）第 120948 号

你的恋爱，暂停了几年

著　　者：夏不绿

出 版 人：蔡　旭　　　　　　　　　责任编辑：俞滟荣

出版发行：台海出版社

地　　址：北京市东城区景山东街 20 号　　邮政编码：100009

电　　话：010-64041652（发行，邮购）

传　　真：010-84045799（总编室）

网　　址：www.taimeng.org.cn/thcbs/default.htm

E－mail：thcbs@126.com

经　　销：全国各地新华书店

印　　刷：大厂回族自治县德诚印务有限公司

本书如有破损、缺页、装订错误，请与本社联系调换

开　　本：880 毫米 ×1230 毫米　　　　1/32

字　　数：200 千字　　　　　　　　　印　　张：8

版　　次：2021 年 8 月第 1 版　　　　印　　次：2021 年 9 月第 1 次印刷

书　　号：ISBN 978-7-5168-3045-1

定　　价：45.00 元

目 录

CONTENTS

目 录

CONTENTS

18 岁
旅行、负债和
杏仁鸡尾酒的哲学生活

1

我实在不知道做什么。

脑子一抽，在十八岁成年的第二天，用身份证在一个平台上借了两万块钱。当然不是你想的那种平台，不需要拍裸照，一切合法合规，利息合理，虽然我还没想好要怎么还这一笔钱。

我从来没有拥有过这么多钱，每次打开电子银行卡看余额的时候，心里都有一种奇异的感觉。可我没有什么想要买的东西，游戏机？漂亮裙子？高级餐厅？化妆品？我都没有欲望。

白天的上午时间都躺在床上看书刷剧，妈妈做好午饭，我们一块吃。家里的气氛很沉默，我们谁也没有说话。我搞不懂大人在想什么，也不想懂，专心吃盘子里的西兰花，心想该怎么开口和她说自己想出去旅行一圈，最后还是选择了最稳妥的办法，告诉她我想出去打工一段时间。妈妈抬头看了我一眼，欲言又止，最后还是点点头同意了，说出去锻炼一阵子也好。

我高考失利，对未来一片迷茫。当然要回去继续复读，但完全提不起劲。班上的同学趁着这个假期已经出去玩了，准备复读的也早已进入复习状态，只有我懒洋洋的，仿佛一棵停止生长的植物。我知道妈妈怕我压力太大，所以一直没有逼迫我做什么。

我不知道做什么，便把家里书架上的书拿下来看。一天一本，不知不觉就读了很多。我喜欢萨特的存在主义哲学，每次读到萨特在咖啡馆里和朋友聊天、写作就特别羡慕那种生活。我也想像存在主义者曾经那样，阅读、写作、喝酒，恋爱与失恋，交朋友，谈论思想，我热爱这一切，并且认为人生会永远是一个大型的存在主义咖啡馆。

读到萨特年轻的时候，曾经想象去君士坦丁堡跟码头工人一起劳动，去阿陀斯山和僧侣一起冥想、修行，去印度跟随贱民一起躲藏，去纽芬兰岛的海岸和渔民一起抵抗风暴。我也想去冒险，但我臆想的冒险不是丛林、南极、世界的尽头和冷酷之地，那些对我来说，吸引力并不大。

我不是生性好动的女生，从小就喜欢一个人待着。五六岁的时候，因为父母工作忙，我总是一个人待在家里，小时候家里没钱，我没有其他小朋友拥有的玩具。但我有自己的玩法，去住的楼下拣几块模样尚可的石头，拿回家洗干净，然后给每一块石头想一个名字和身世背景，这块圆石头是儿子，那块长石头是女儿，还有爸爸和妈妈，他们生活在一起，碎石头是他们每天的三餐，他们会不时出门郊游，结果有天圆石头走丢了……诸如此类的故事，现在想起来觉得乏善可陈，但当时可以闷头玩整个下午，所以我的童年好像什么有趣的事都没发生，就这样过去了。

"隔壁班的那个男生好像喜欢你。"初中的时候，我的同桌突然一本正经道，"真的，他每次经过我们教室窗子的时候，都会看你。"

虽然是初中生，但当时我身边的许多同学都有了自己喜欢的对象，或者喜欢自己的人，女同学经常互相传递着各种恋爱小说，讨论着哪个男主角更帅更迷人。恋爱在当时的情景来说，是一件不太新鲜的事情，可它往往是最容易点燃周围人情绪的东西。男孩子为了喜欢的女生不惜和人打架，女孩子为了喜欢的男生逃课，骗父母的钱。我的父母也曾忧心过我会不会早恋，可见我连同性朋友都没几个后，反倒更担心我无法融入群体。

我只是对任何东西都兴趣不高，觉得生活索然寡味罢了。所以，在高考失利后，我好像突然被人打醒了似的，想要走出一直待着的小世界，去外面看看。

于是，我带着借来的两万块钱去了邻近的城市，从火车站出来，打车去预订的酒店。

放下行李，发现时间尚早，我看网上推荐的餐厅，去吃了一顿昂贵的法餐。这是我十八岁以来第一次吃法餐，据说还是米其林一星大厨推荐的。我点了一个套餐，餐前面包很可口，吃完了还想再要。前菜有黑松露奶油蘑菇浓汤、香草鹅肝、热情果面包棒和香煎厄瓜多尔大虾配水果丁，主菜的西冷牛排要的五分熟，肉质细腻，几分钟就被我解决掉了。餐后的甜点是提拉米苏，我不喜欢吃甜的，但这家餐厅的蛋糕醇厚不甜腻，配红酒小口小口吃，感觉整个身心都沐浴在幸福的光辉下。美食打开了我感受的五官，我突然觉得这个世界应该有许多值得我去期待的东西。

吃完饭，我去附近咖啡馆继续看萨特的书。其实很多地方我都看不懂，但觉得有意思。书里提到克尔凯郭尔说过，"焦虑是自由的眩晕"。我真喜欢这个形容，想到自己住的酒店在四十几层楼上，站在落地窗前也有眩晕的感觉。自由是我拥有往下跳的选择，也拥有不往下跳的选择。虽然我知道此刻的自由是暂时的，更多是无所事事的状态，但我有点爱上了。

2

离开咖啡馆的时候，已经是晚上，出门后我才注意到咖啡馆旁是一家酒吧。工业风装修，里面的桌上放着小小的桌灯，晕出一片幽深的光线，看不见里面客人的清晰容貌。中间的舞台上有束光，有人坐在上面唱民谣。我想到自己从没去过酒吧，我已经成年了，我想我可以为自己要一杯酒喝。

想到书里描写雷蒙·阿隆和萨特、波伏娃在酒吧谈论哲学的时候，阿隆拿着手里的杏仁鸡尾酒对萨特说，当谈论这杯鸡尾酒的时候，也可以从中研究出哲学来。比起长岛冰茶、莫吉托这类酒，我想彰显一下自己的不同，于是向店员点了一杯杏仁鸡尾酒。

店员说没有，我说那来杯长岛冰茶吧，毕竟我知道的酒名不多，下意识脱口而出，并不明白这里面有什么文章。

店员看了我好几眼，我不明白他为什么要这么看我。直到后来，我才知道原来长岛冰茶的度数很高，被称为"失身酒"，后劲很足。他大概以为我遭受了什么不好的事情，过来买醉。

我坐在角落的位置，过了会儿，酒吧的老板来了。大概一直在学校生活，接触到的几乎是同学和老师，所以见到建建的第一眼，我觉得他是我曾经世界里从未认识过的那类人。

有年长男人的魅力，不过他又很年轻，身上有种非常俗气的世故，又讨人喜欢，游刃在客人间，笑起来格外好看。然后他看见了我，脸上的笑容纹丝不动，只是有点惊奇的样子，走过来问我："你的家长呢，怎么一个人坐在这里？"

我说我一个人。

看见我喝的长岛冰茶后，他让服务生给我换了一杯无酒精的饮料。我尝了口，真甜，我不喜欢。

夜更深了，台上的歌手唱了一首又一首的歌。我面前的长岛冰茶和无酒精饮料都没再动过一口。小时候读《希腊神话》的时候，很敬佩酒神狄俄尼索斯，因为他只需要用鲜花和酒，就能让人们快乐地转换到另一种状态里。不需要在意世俗之事，甚至让人很容易放弃自我的束缚，超越时间和任何形式。轻悠悠地，没有牺牲和沉重。但我知道那只是短暂的休憩和逃避，因为我从没见过爸爸在哪一次宿醉后醒来，变得更智慧或者不一样了，他又回到了最初的状态。

我又觉得饿了，离开酒吧，外面的餐厅都已经打烊，只有24小时营业的便利店亮着光。我走进去，买了酸奶、冰淇淋和面包，酒店里有冰箱，所以装了满满一袋子。拎在手里，沉甸甸的。推门出来，晚风吹在脸上，淡淡的凉意。突然有点不想回酒店了，在门外的长椅上坐下，拿出一盒冰淇淋慢慢吃。

一个漂亮的小姐姐从我面前经过，过了会儿，拿了罐汽水出来，打开咕噜噜喝了一大口。她穿着一件绿绸裙，微卷的长发慵懒地搭在肩上，喝汽水的时候，胸口微微颤动着。

我想到自己十四五岁时，有短暂的一段时间，每个月用零花钱买时尚杂志，每次看到好看的模特或者时装，会用剪刀剪下来，贴在一个本子里。那些花花绿绿的衣服，虽然我一件都买不起，但成为另一种拥有的方式。其实女生会比男生更喜欢漂亮的女孩，就像眼前的姐姐，我忍不住一直盯着她看。心想怎么会有这么好看的美人，从发梢到脚趾都符合我的审美。可是没多久，漂亮姐姐突然垂下头来，开始哭。

我完全蒙了，不知道该做出怎样的反应。正在犹豫着要不要把包里的纸巾递给她，建建就出现了，他抱住漂亮姐姐安慰了她一阵，然后两人相拥着离开。

手里的冰淇淋渐渐化掉，我用勺子挑出里面的碎巧克力吃掉，剩下的扔进垃圾桶。我脑子里想到过去看过的爱情电影和小说，争吵、复合、恩爱、分离，像是有某种秩序和计划似的，就像导演或者小说家创作出来的套路和模式。太阳底下无新事，虽然我未曾亲自经历，但我好像也能看到自己未来所要经历的一切了。

虽然父母没有明确地规定我以后做什么，但潜移默化地，因为周围人都朝着那样的故事情节走去，我大抵也能看到自己的一生。复读再次参加高考，考上大学，选择一个专业，度过四年，未来毕业要么继续考研要么进入社会工作，接着和一个喜欢的人恋爱、结婚，生孩子，最后让孩子重复这样的人生。就像一款游戏，人生也是游戏，你通关后，交给下一任玩家，不断重复、重复。

如果一个人长大注定要经历相同的剧情，是不是有点太过无聊了？这就是人类永恒的命运吗？我眨了眨眼，没有答案。

不过我作为一个新手玩家，仍旧对所有的旅途都充满了好奇。我知道所谓的知识，可那都是从课本上学到的，如果不去经历感受，我永远也不会寻得旅途上真实的风景。

我又想到刚才漂亮姐姐身上穿的那件绿绸裙，我也真想拥有一件。

3

洗了澡，我穿着酒店的睡衣坐在地毯上，拉开窗帘，看着楼下的风景喝酸奶。我发现我对食物充满了热情，明明晚上吃了那么多，到了凌晨还能继续吃。可能是不想睡觉，毕竟我现在的快乐是有截止期限的，度过一天就少一天，所以我舍不得睡，想要尽情地体验此时此刻。结果最后趴在地毯上睡了一晚，早上阳光从窗外照射进来，唤醒了我。

打着哈欠，刷牙洗脸，去楼下吃早饭，然后在附近闲逛。我太怕热了，商场对我来说是最好的庇护所，冷气十足，把烈阳完全挡在外面。

又想到昨晚那个漂亮姐姐的穿着打扮，唇膏的颜色、裙子的材质，还有那双缠着纤弱脚腕的细带凉鞋。我逛了很久，也没找着一样的。最后倒是在口红专柜前，试了一支相似颜色的口红。导购姐姐说这是干枯玫瑰粉，十分滋润，且不会掉色。我还从没拥有过一支属于自己的口红，我试了颜色，最后没买。口红沾染在我的嘴唇上，我已经拥有了它。

为了保护它在嘴唇上不褪掉，我一整天都小心翼翼，几乎没吃东西。到了晚上，我又去那家酒吧了，我好奇昨晚发生的故事，想要问问建建。

建建还没来，我点了牛肉干，一点一点小口吃着。吃到一半的时候，他终于来了。

"哟，小朋友又来了。"他在我对面坐下，问我今天要喝点什么。

我说我想要杏仁鸡尾酒，他说没有。我说我想要一杯海明威喜欢喝的"午后之死"，他说没有。我说那来一杯苦艾酒吧，要用方糖烧的那种，他犹豫了两秒，还是说没有。我说你别开酒吧了，什么都没有。

建建问我，这些东西都从哪儿看的呀？

我讨厌他那种时时刻刻都轻佻的神情，虽然他自己觉得没有。我说关你屁事，你到底卖不卖酒给我？

后来他让调酒师给我倒了一杯威士忌，加了巨大一块冰的那种。我说你别把我当小孩，真正会喝威士忌的人都是纯饮。

他不再理我，端着自己的酒杯跟别人喝酒去了。

虽然嘴上装着什么都懂，但这是我第一次喝威士忌，很浓的泥煤味，我喝不下了，但不想浪费，于是等着冰块融化，让它的味道变淡一点。没过一会儿，我就看到昨晚那个漂亮姐姐走了进来，她今天依然很美，但完全是另一种风格，白衬衣，衣摆扎进学院风半裙里，露出两条白皙纤细的小腿，美是脆弱的，我觉得她好像是随时会被折断的柳枝。

她在角落坐下，要了酒，点燃一支烟，开始抽。建建明明看见了她，却没有过去。

我杯里的冰球渐渐融化，重新端起杯子，喝了口。威士忌的味道冲淡了很多，适应了我的味蕾。台上的歌手在唱陈珊妮的一首老歌，"来不及送你一程，来不及问你什么算永恒，甚至来不及哭出声……"

漂亮姐姐突然哭了，烟雾迷散在她眼前，她仿佛变成了一场尘世的梦。建建终于过去，轻拍她的肩膀，姐姐抱住建建，在得到安慰的那刻哭得更厉害了。

后来我得知漂亮姐姐有抑郁症，那段时间建建本打算和她分手，可担心漂亮姐姐，于是选择了缄口不言。漂亮姐姐每天都会来酒吧等他，有时候建建不来，她就一个人坐在角落喝酒抽烟，有时候会一个人哭，有时候会喝醉打电话。我无法理解，但我想那是因为很爱很爱一个人吧，或者因为觉得生活无望，才把所有的希望都寄托在另一个人身上，希望对方给予自己温暖。

我告诉建建，觉得开酒吧特别酷，觉得他女朋友很漂亮，这么漂亮的女生值得被人好好爱。

建建看了我一眼，说："大多数人，既没见过钱，也没见过爱。"

"我每天的心情视店里的流水而定，生意不好的时候就会焦虑，养着那么多员工，大家都仰仗着你，酷个屁。"

"那你至少是个老板呀。"我说。

他冲我翻了个白眼，一副懒得"跟你这个小屁孩"讲话的神情。见我生气，建建轻轻叹了口气，说："生活就是各有所取，各有付出。"

啧，我觉得他比我在书上认识的哲学家更哲学。

4

我觉得去酒吧的女孩子应该打扮得成熟点。于是我想让自己的头发变卷，去商店买了包橡皮筋，晚上睡觉前编了满头的辫子，等到第二天起床后拆掉，再用梳子整理两下，就拥有了一头自然长卷发。我觉得自己是个迷人的小混蛋。

结果建建见到，问我是不是早上起床忘记梳头了。

我说我要喝一杯苦艾，昨天我明明看见酒柜上有。

建建无奈，让调酒师给我调了一杯。

"这酒很烈。给你的人生建议是，别喝。"

我喝了一小口，淡淡的草药味，有点薄荷的感觉，竟然很好喝。

"你出来旅行，怎么都每天待在这里？"

"不知道去哪里玩。"

建建犹豫了几秒，而后说："明天我带你去玩。"

结果第二天早上我睡过头了，手机还开了静音模式。所以见到建建的时候，他早已不耐烦了，作势要来打我，被我轻轻躲开。他开车带我去本地的热门景点，结果半路堵车堵了一个多小时。好不容易到了，人山人海，我的脚后跟被踩了好几下，挤在散发着汗水和奇怪味道的人群里，差点吐了。

我说我不玩了，我要回酒店。

他说你个弱鸡，快，我给你拍照。

我说你神经病。

结果他已经拿手机拍了我好几张丑照。

这人可真讨厌，一点都不酷。

好不容易挨到饭点，建建硬要开车带我去南山一家网红火锅店。我已经筋疲力尽，身上被汗水弄得黏乎乎的，只想待在车里吹吹空调。

建建说你睡会儿，到了叫你。

我说叫个屁。

他说好啊，我待会叫你屁。

......

不过到了网红火锅店，睁开眼的瞬间，我确实被惊艳到了。我没见过这么好看的火锅店，仿佛是电视剧里的亭台楼榭，一步一景，中间的池子里开着大朵大朵的荷花，亭亭玉立。荷花池旁是一张张火锅桌椅，建建带我去了一张空桌。穿着汉服的服务员端来锅底和茶水，我说我要喝冰可乐。

建建点完菜，又问我要不要拍照。

我说我今天的打扮不适合在这么唯美的地方拍照。

他说没关系，只要风景美，人丑点也行。

我问他怎么这么喜欢数落人。

他说他好久没这么开心地数落过人了，成年人的世界不容易，数落我这个小屁孩不用顾及。

敢情是欺负我。

不过没关系，反正他又带我玩又带我吃，做下情绪垃圾桶就当偿还了。

虽然是露天位置，但因为有空调扇，所以一点也不热。火锅明明点的微辣，我还是被辣得一直喝水。

我说感觉舌头在燃烧，猛灌了一大杯可乐。

建建说他以前当过消防兵，去火灾现场的时候，看到那些被烧死的人，准确来说，是被烫死的，身上会鼓起很大的一层水泡。不敢轻易搬动，因为一动身上的水泡可能就会爆掉。他忘记那一年多时间见过多少死人，每次收班回去的车上心情都格外复杂。

说这些的时候，是我从来没有见过的建建。我以为他天生是游戏人间的公子哥，原来也是被人间打磨了一圈的大人。

我问建建为什么不喜欢漂亮姐姐。

建建涮了块毛肚放进我碗里，笑了笑："关你屁事。"

"你喜欢哲学吗？"我问。

他反问我什么是哲学。

我说哲学就是生活。

他笑了，回答我他一直都处在哲学中。

吃完火锅，他把我送回酒店。他说晚上不来酒吧，让我一个人少喝点。

晚上去到酒吧，发现漂亮姐姐又在。

我忍不住走过去，在她对面坐下。美人就是美人，靠近了依然经得起细看。

我问她在等建建吗。

她说是，也不是。

我不懂了。

漂亮姐姐说她不想失去这段关系，所以每天都来，虽然她早已知道建建想和她分手，可是她仍然执着地想继续这段感情。

我问她抑郁症是骗人的吗。

她笑了，让我猜。

我给建建发消息，说你女朋友每天都在酒吧等你呢浑蛋。

他说关你屁事啊小浑蛋。

我说你该负起一个男人的责任。

他说你懂个屁。

我是不懂，毕竟从小到大我的生活经验只有读书上学，对于其他世界的生活，都靠影视和小说获得。但我明白，生活不是文艺片，只做作地截取美的那部分，永远都不会感受到真实生活的样子。就像我以为开酒吧的人都很酷，不在乎赚钱，不在乎未来。我以为年轻男女的爱情都很美，生生死死爱得鲜活。但原来不是，每个人的生活剖开细看，都长满了虱子。

5

旅行的第五天，我已经花掉了两千多块。盯着银行卡上的余额，我觉得继续再花下去，我肯定偿还不起了。我把剩下的钱还给了平台，留了买车票回去的钱，到时候真的找个工作打工还债，但我对此并不后悔。

不过，我要和这里告别了。

小时候，每次放假我都很期待和父母一起出门旅游。还记得第一次去北京，站在天安门前爸爸抱着我，牵着妈妈的手，让路人帮我们合影。我因为眼睛进了沙子，抬手去揉，结果照片上我的脸就这样被挡住了。后来到了青春期，我不再愿意和他们一起出门，宁可自己待着，窝在房间里看完一本又一本的书，刷完一部又一部的电影。我渴望未来的生活，想迅速逃离掉念书、考试这样单调的日子，想迅速长大，去经历浪漫冒险的故事。

但建建告诉我，生活就是有所付出有所回报。妈妈问我什么时候回家，她似乎已经猜到我并没有在打工，用微信转了笔钱给我，让我注意安全。

鼻子酸酸的，我对妈妈说，我很快就回来了。

大人的世界里有欺骗，小孩的世界里也有。但在最爱的人面前，即使你清楚那是一个谎言，也不忍心戳破。

我告诉建建我要走了，能不能让调酒师给我调一杯杏仁鸡尾酒。

过了好一会儿，他才回我信息，让我晚上去酒吧喝。

我终于如愿以偿，喝到了阿隆手里的那杯杏仁鸡尾酒，不过没人和我谈论哲学，也没人和我谈论存在主义。

来之前，我买了一件黑色高领毛衣作为礼物送给建建。

他问我干吗送他这么丑的东西。

我说大夏天能买到毛衣就不错了。

建建一脸鄙视，问送毛衣干吗。

我说，因为这是存在主义者的标志服装，黑色羊毛套头衫。

他觉得我疯了，让我少看点书。

我说其实我十四岁的时候就想搬出家一个人住，每天看书听歌刷剧，可惜没有钱。

建建问我杏仁鸡尾酒好喝吗，我说一般，没有威士忌好喝，不过离开这里后我应该不会再喝酒了，因为酒精伤脑子，我要回学校继续复读，然后考大学，以后学哲学。

建建说这样很好。

但周围所有人都觉得学哲学毫无用处，就连父母也这样认为。

"人生不一定什么东西都要有用，我以前当消防兵，现在开酒吧，完全没有任何联系。虽然我不懂哲学，但我懂生活，要是毕业后找不到工作，你大不了开家酒吧呗。"

我哈哈大笑，欣赏他的幽默。

晚上漂亮姐姐也来了，她看上去精神状态好了许多。涂了鲜艳的口红，气色不错。没有喝酒，没有抽烟，要了杯温水，和我温柔地打了声招呼。建建看向她的眼里，神情平和。

漂亮姐姐说她重新找了工作，要去外地。

建建说着恭喜，然后举起杯子跟她碰了碰。

我也举起我的酒杯，在成为真正大人前的最后一杯酒。

离开那天，建建来送我。因为时间还早，他问我要不要买点特产带回家。他领着我去了专门卖特产的楼层，我选了几包火锅底料，又拿了一些包装很好看的东西，虽然我父母多半都不会喜欢。

离发车还有一个小时，我们坐在咖啡馆，我喝着榛果拿铁，他什么都没点。我们应该聊点什么，但最终保持了沉默。我们没有聊未来还会不会再见，也没有邀请对方到彼此的城市来玩。免除了那些礼貌客气的话，静静等待时间流逝。其实我想告诉他，很高兴认识他。

未来会如何，谁也不知道。

他帮我买了两只巧克力松饼和一条法棍，用纸袋包起来塞给我。

我们就在车站告别。

30 岁
愉快单身生活指南

1

在今年结束前，我花光所有积蓄，贷款给自己买了一套房。

不大，六十平方米，两居室，一间被我改造成了书房，另一间作为卧室。没有阳台，客厅的尽头是一扇落地窗，我铺了柔软的地毯，黄昏的时候可以坐在上面看夕阳。

算是给三十岁的自己一个礼物吧，我没有结婚也没有恋爱，独自漂泊异乡，房子对我来说，是最真实的踏实感。

唯一的问题，是离上班的地方太远。我不得不每天五点钟起床，早早洗漱出门开车，好避开上班的早高峰时段。

去年开始，领导让我管理一个小团队。那时我刚在公司大会上被老板表扬，拿了一笔奖金，本以为管理团队是件轻松的事，直到团队发生内讧，有年轻妹妹在办公室大声哭诉，我才幡然醒悟，我有多么不善于管理。

不得不买了很多管理类书籍恶补，又报了线上课程，下载了音频，每天开车路上就连上蓝牙音响听课。硬着头皮开始做一些从前没做过的事，效果不算明显，但团队至少进入了一个缓和阶段。

也是那段时间，发现自己的腋下有些疼痛，洗澡的时候去摸，有小小的硬块，可工作太忙，于是拖了很长一段时间才请了半天假去医院，一系列检查流程下来，医生告诫我要注意休息，否则那些小硬块可能会演变成瘤。我连连点头，拿着处方单去拿药，自己买了水，坐在医院外的长椅上倒出一大把花花绿绿的药，一口气吞咽进肚子。

下午不想再去公司，把事情交给其他人处理。这个时候，什么都没我的命更重要。然后回到家，结结实实睡了一下午，再醒来已经是黄昏。客厅的落地窗朝西，我从冰箱拿了盒酸奶出来，坐在床边，一边吃酸奶一边望着西垂的太阳。

想到已经很久没在家吃过饭，于是换衣服，踢踏着外出穿的拖鞋，去家附近的菜场和肉铺，买了两只鸡腿，一根香菜和几只口蘑。比起牛肉猪肉，我更喜欢鸡肉，小时候妈妈喜欢给我做炸鸡腿，表皮酥脆，里面的肉软软嫩嫩。其实我在家里做饭的时间很少，但还是极尽所能地把厨房装修得舒服耐用，又买了很多漂亮的盘子，烤箱，炖锅，电饭煲，榨汁机也全部买齐。看到厨房被摆得满满当当的样子，让我心里格外充实。我觉得厨房是一个家的灵魂所在，没有烟火气息的房子跟酒店没有区别。

回到家用烤箱做了烤鸡腿，削了一个苹果和橙子榨汁，打开音频听书，然后慢慢吃掉全部东西。在生病了的时候，才想起要好好对待自己的身体，到底是亡羊补牢。仍旧放不下工作的进展，在群里询问进度，大家说一切顺利。对着手机屏幕发了会儿愣，其实我没有自己想象中那么重要，事情并不会因为我的短暂缺席就离开原本轨道，所有一切都井然有序运转着。

　　想到刚毕业的时候，因为没钱跟人合租过地下室。几平方米的狭窄空间，每天回到家都需要极大勇气。在那样的环境下住了一年多，也是最焦虑的一段岁月。每天都担心自己会不会一辈子没钱，会不会一辈子住在这种地方。为了摆脱那样的境遇，我给自己设置了许多目标，我想要第二年的时候搬到更大更舒服的房子，想要存够一笔钱，想要变得更自律更漂亮点。每天早上醒来，想着要去实现这些又小又近的目标，就没那么容易寝食难安了。

2

　　既然工作可以让部门其他同事先处理，我索性请了个年假。领导很惊讶，问我这个拼命三郎怎么想起用自己的年假了。我告诉了他自己的身体状况，他立马理解地连连点头，说是应该多多休息。

　　休假的第一天醒来，下意识地起床收拾东西，打算出门上班。洗漱到一半，才想起自己不用去公司，于是又回到床上睡了一觉。醒来的时候已是中午，又出门去菜场买菜。这次买了一大堆东西，反正这几天都会在家里吃饭，买起来不用顾虑太多。西兰花、胡萝卜、青椒、一大块牛肉和猪肉，又买了小米红豆和黑豆，沉甸甸的，让人心里也踏实起来。

回家后就开始做饭，给自己做了两菜一汤，打开苹果平板看综艺节目。日子突然缓慢下来，我很快就适应了这种生活。或许人的本性就是懒惰的，从前一直往前跑，反倒是违反了自己的天性。

吃完饭，又吃了药，然后出门散步。因为是工作日，小区里几乎都看不到年轻人，大多都是上了年纪的老人和带孩子的妈妈。看到他们闲散地走在路上，我的步伐也渐渐缓慢下来。说来奇怪，当我开始慢下来的时候，我感受到了很多从前没有感受到的细节。比如对于冬天的感受，天气会变得干爽点，风涩涩的，我可以闻到一种冬天特有的味道。我小时候在自己家乡也闻到过，我一直以为那是属于家乡特有的味道，原来不是，是属于冬天特有的气味。从前最喜欢冬天了，因为有寒假，过年可以得到红包，可以随心所欲吃平时吃不到的东西，和亲戚家的小孩到处玩。冬天又很短暂，总是一家人坐在沙发上看电视，妈妈端来洗脚水让我泡脚，把热乎乎的脚放进暖和的被子里盖着。在电视声和大人的说话声中，慢慢犯困睡着。冬天也在这样一觉接着一觉后消失不见。

前几天打电话和妈妈聊天，她说大姨朋友的儿子也在这边工作，问我们要不要约个时间见见面。直到现在，妈妈还没有放弃为我找对象的心思。在我二十六七的时候，她就特别为我焦虑，觉得我快要白白度过一个女生最黄金的时期，过了那个阶段要再找到好的对象就困难了。结果转眼我就三十了，本以为她会从此放弃，但还是只要抓到一线机会，就会打电话催促我相亲。

我是三十岁了，真要说起和二十几岁相比有什么区别的话，那应该是更有钱了吧。二十出头的时候确实很年轻，有着充足的胶原蛋白和体力，但要是给我一个机会拿现在拥有的东西跟年轻交换，我一点都不愿意。年轻从来不是稀缺资源，真正宝贵的是我作为三十岁拥有的对于生活的看法和足够让我不惧怕未来的能力。即使失去了现在的工作，我相信自己也能赚钱养活自己，这是我在二十岁出头的时候完全无法拥有的自信。

路过家附近的超市，门口有导购员正在推荐冬日茶包。本来不感兴趣，但看到花花绿绿漂亮的茶包包装盒，又忍不住停下了脚步。

在家里我一般都喝白开水，在公司则有一抽屉的各种挂耳咖啡包。其他任何饮料，无论怎样宣传无糖健康，我都不会买。

导购员现场给我泡了一包茶，说是巧克力薄荷口味的红茶。我接过喝了一口，口感非常顺滑，入口后有淡淡的巧克力和奶油香气。她说这是一家二十世纪在纽约成立的制茶品牌，可以入手一盒试试。我答应了，又挑选了一款日式白桃乌龙茶，结完账，收银员顺势往袋子里塞了一张传单。是旁边新开健身房的，新会员的折扣力度还挺大。

想到医生说我这病不能熬夜，不能作息不规律，还要多运动健身，想了想，拿着传单去健身房买了一套健身课程。教练先给我的身体做了一套测试，说我内脏脂肪多，新陈代谢能力弱，体态上则有盆骨倾斜和内扣的症状。这就是我一向不喜欢来这种地方的原因之一，怕旁人告诉我真实的身体状况。本来平时没觉得有什么大问题，现代社会谁没点亚健康呢，但是被健身教练当面告知你实情，心里还是有点焦虑。

"什么时候来上课？"教练问我。

我说待会儿吧，我回家拿运动服。

3

我就是在健身房认识笑笑的。我洗完澡站在镜子前吹头发，她当时就在旁边，问我用的什么洗发水，味道很特别。我告诉了她品牌，问她要不要购买链接，最近这个品牌正在做活动。她很开心地加了我微信，我们就这样成为朋友。

笑笑今年二十五岁，在附近的写字楼里开了一家美甲工作室，店里有两个员工，需要她的时候很少，为了打发时间，于是每天泡在健身房里。我忍不住看了眼笑笑的身材，虽然个子不高，但身材比例很好，胳膊上的肉非常紧实，背部挺拔，非常有气质。她说她严格控制自己每天摄取的热量，因为女人到二十五岁后新陈代谢就开始减缓，发胖的概率更大。我想到自己的新陈代谢率低，应该是跟年龄有关。

我们每天健完身，就去旁边的小店吃沙拉。一开始我喜欢放各种沙拉酱，结果被笑笑阻止，说吃酱的话就失去吃沙拉的意义了。我觉得我接受不了这样的饮食方式，所以后来我就不再吃沙拉，索性吃肉更适合自己。

有天，我们正吃着牛排，笑笑突然接了个电话，她放下手机说不好意思，老公回来了，她得先回家一趟。

我讶异，我一直以为她是单身，没想到连婚都结了。

"老公在外地上班，我们见面的时间不多，所以我的生活状态跟单身也没太多区别。"

不过我说我还是单身的时候，笑笑也小小地惊讶了下。

"我还以为你是个富太太呢，每天都不工作。"

"最近是在放年假。"

笑笑走后，我一个人把牛排吃完，又点了一份甜点。其实我这几年也喜欢过几个男孩子，约会过几次，但最终都不了了之。大概是对方都不太喜欢我，也可能是我本身对他们先散发出不感兴趣的信号，让他们知难而退了。

二十五岁之前，我都对婚姻生活充满了极大的希望和期待。期待着生活里会出现一个我喜欢的男人，无论在我遇到什么困难的时候，都可以无条件地为我兜底。还幻想过结婚后要在海边有一间坚固宽敞的房子，保留一个公共空间来招待我们的共同朋友。每周一次聚会，亲自下厨或者跟朋友一起做饭，把饭桌的空间全部摆满食物和酒，还要有很好的音箱来放歌，我们一边吃饭一边聊天，没有任何拘束感，临到兴头就跳舞。盘子一定要好看的，喝酒的器具也要从景德镇买来的。朋友走后，我就和老公两个人坐在沙发上，煮一壶水泡茶，有一搭没一搭地聊天，或者就彼此不说话玩玩手机。精力好的时候，就约他去海边散步，我戴一顶大檐帽，光着脚丫，牵着他的手，在沙滩上留下一串串的脚印。没有时间的观念，好像我们都是生活在美好故事里的人。

后来见多了身边人的感情和婚姻，终于明白美好故事都是剥去了难堪那部分写就的，但难堪又时时刻刻存在于生活的始终。

而我，还没有接受好婚姻生活里的平凡和难堪。

4

年假结束回公司上班，部门的同事问我是休假时期发生了什么好事吗，看上去精神奕奕。我说最近在健身，他们一边羡慕一边又抱怨时间少没有精力去健身房。

我只是笑了笑，心想年轻的时候又怎么愿意把时间花在这种枯燥无趣的事情上呢，要是我，我也宁愿下班后去和朋友喝几杯酒，彻夜狂欢，或者做点刺激冒险的事情。但现在我能很明显感受到自己身体机能在下降，通宵熬夜后常常需要好几天时间才能缓过来。

其实还是会常常感到焦虑和迷茫。从前以为到了三十岁就能很清晰地明白自己的生活，但生活其实没有任何一种标准的好与坏，它只是教会了我无论在人生的任何处境里，都可以保持一种相对平和淡然的心态，这或许是年龄带来的一种松弛感。

上午开会，下午做方案，一直加班到十点。公司很多同事都还没走，喝了三杯咖啡也依然觉得疲惫。找时间吃了药，下楼去便利店买了酸奶，坐在临窗的椅子上慢慢吃。把手机放到一边，开了免打扰模式。我想给自己十分钟安静的自处时间，让工作先往后靠靠。

觉得酸奶不够饱腹，又买了坚果，撕开袋子倒进去，搅拌几下混着吃。一个年轻的妹妹在我身边坐下，拿出手机打字，接着慢慢发出小声的啜泣声。我转头看了眼，不是自己公司的，暗自松了口气，这样我就不必花费宝贵的时间去安慰她了。吃完酸奶，我就起身回公司继续加班。

临近年底，老板想要犒劳大家，决定把年会定在韩国的济州岛。我向领导申请可不可以不去，我想要好好休息一下。他因为知道我生病的事情，没有强求，客气地说了几句邀请的话就同意了。这样一来，我又多了几天的自由时间。

很久没有看过展，在网上搜索最近的画展，把自己打扮成大学女生的模样，背帆布包，穿帆布鞋，松松垮垮的外套和裤子，头发扎成丸子头。一个人逛了半下午，其实大多东西都是没看懂的，但我喜欢画展摄影展的那种氛围，很安静，周围的人都驻足在一幅作品面前慢慢品鉴，都想要从中寻找到某些意义和启迪，就像我们对于生活本身。

可能作者并没赋予太多意义，单纯觉得美或者有趣，至于其他的，都让观众自己去想吧。

逛完展，走路十几分钟，去一家网红咖啡馆。人很多，我坐在外面的椅子上和一群年轻人一起等。已经很久没有耐心愿意排队去吃一顿饭，时间宝贵，遇到排队的门店通常想都不会想就直接放弃，选择可以直接就餐的地方。等了四十多分钟，才轮到我。他们的菜单都是手写的，菜名旁边画了简单的小画，很可爱。我点了一杯奇亚籽草莓冻椰奶和一份烤猪肋排，后来又加了一份咖喱鸡肉饼。用餐的时候，往窗外看去，发现排队的人仍旧很多，心里便升起一种小小的快乐，是幸存者的快乐感，庆幸自己已经吃到想吃的东西，而外面的人还需要继续等待。

漫长的生活里，我们通常都需要这样无伤大雅的快乐。

5

人往往都会因为一件小事的坚持，而改变整个生活状态。

健身后，我下意识里更加善待自己的身体。有时间健身的日子，结束后一般都十点十一点，路上有家 24 小时营业的生鲜超市，我会顺路买些水果和蔬菜，回家花十几分钟的时间做减脂餐，第二天带去公司吃，彻底戒掉了外卖。周末加班实在没时间，就点牛排，总觉得这类东西再怎么做也不会不健康到哪里去。又给家里买了更好用的吸尘器，买了几株绿植，这些事让我感觉自己牢牢地抓住了生活。我们都是平庸的普通人，我清楚无论我发挥多大的才能和努力，也无法突破我的局限，但至少在我目前的状态里，我已经拥有了相对舒适的状态。

三十岁以前，总是想要更好的东西，填不饱的野心，就像新生的婴儿。三十岁后，渐渐看清很多事真的没必要，我没必要那么努力工作，我也没必要把自己搞得那么忙。我虽然过着渺小普通的日子，却是属于我的独一无二的生活。

从前希望有一个人可以接住自己，现在生活本身已经接住了我。

想到许久没看电影，便抽了空闲的时间去电影院。可惜电影的内容有些伤感，看到影片中间处，我忍不住开始流泪。想到包里纸巾用完，只好用手背擦了擦。心理学家说适当的哭有助于身心健康，流眼泪的同时也在排除身体的毒素。所以虽然弄脏了眼妆，但我还是很开心。

回到家，打扫了房间，给绿植浇水，去厨房做饭。吃完饭打开手机连接蓝牙音箱，听商业管理方面的音频，敷面膜，用新买的美容仪按摩脸部，然后洗澡睡觉。

日子由这些微小琐碎的事件串联起来，最后会变成一条项链还是一枚手链，谁都不知道。

眼见一年就这样结束掉，本来打算跨年那天待在家里什么也不做，找部电影，开瓶红酒，就这样松垮垮窝在家里迎接新的一年。

把自己又变老一岁这件事，以一种轻缓的节奏带过。大张旗鼓这事，总让我觉得是虚张声势。

但很快，笑笑就把我的计划扼杀在了摇篮里。她带了瓶威士忌跑到我家里，说买了摇滚跨年夜的门票，立刻出发，不然路上就堵车了。不幸的是，我们还是堵车了。出租车才开出一公里的距离，就被堵得动弹不得。

笑笑说要不走路吧，拿出手机，打开导航，调到步行模式，我听见导航软件语音说了句"步行需要一小时三十分钟"后，彻底瘫倒在座位上。

我说回家吧，走回去。

笑笑说我太没劲了，她都订好了酒店和门票，不能浪费。于是拉着我，开始她的步行计划。虽然这段时间都有健身，但长时间的走路还是让我显得有些体力不支。我对笑笑说我好想吃顿烧烤，笑笑说怎么可以吃那么不健康的食物。我说不知道，就是觉得这么辛苦应该干件很爽的事情，对我来说就是吃烧烤。

笑笑见我累得不行，便答应我要是待会儿路上遇到烧烤店，就先吃饱再继续走。我觉得我们两个像逃难的，为什么不能舒舒服服待在家里看看跨年晚会喝点酒。结果转机就在我们看到烧烤店的时候来啦，有司机停下来问我们要不要坐车，我和笑笑喜出望外，说要坐，于是果断放弃了烧烤。到酒店后，摇滚现场已经开始三个小时了，笑笑说至少我们要在十二点前到现场，于是休息了会儿，随便吃了点东西，又喝了点威士忌，就出门了。

笑笑打开一罐可乐，把它倒进剩下的威士忌酒瓶里，摇匀了，又重新灌回可乐罐，递给我："拿着，这个可以在路上喝。"

我觉得这是一个好方法，其实当时我已经有些晕乎乎的，和笑笑摇摇晃晃走在街上，空旷的街道让我感觉整个世界都是我的。到达摇滚现场的时候已经快十二点了,在场的人看上去已经嗨过一轮,我们去吧台买了两瓶啤酒,然后去舞池跳舞。在酒精的作用下,我太开心了。我也不知道台上在放什么音乐,反正跟着身边的人一起瞎唱。后来喝晕了头,看见漂亮女生就去抱,大家相拥着跳舞,结果遇到了力气大的,拉着我的手带着我转圈,害怕被她甩出去,我被吓得蹲在了地上。大家开火车,疯狂甩头,有男生脱掉上衣在舞池最中间跳舞,每个人都好快乐,有种世界末日的感觉。

回去的路上,我和笑笑终于如愿以偿地吃了烧烤。我吃了两串烤奥尔良鸡腿,觉得许久没吃过这么美味的垃圾食品,不由得感叹自己其实还很年轻,还可以跟一群年轻人这么疯玩。

笑笑说,年龄本来就只代表你生活在地球上的一个时间,它不能代表你本身。

我开了罐桌上的可乐,和她干杯。

6

一个疗程的药吃完后,去医院复查。医生说我已经没什么大问题了,药可以不用继续吃,但还是要保持健康的生活方式。

我开心地离开医院,既不想去健身房,也不想回家。走路走到公园,看见光秃秃的枝丫上竟然冒出零星的几点绿芽,我知道等到春天来临,它会茁壮成长,变成新鲜的枝叶,一切都会簇簇新、簇簇新地走下去。

31 岁
便利店的好天气

1

我离婚了。

在三十岁后的第一年。

婚姻期间，和丈夫共同投资买了一个小公寓。离婚后，他仍住原来家里，我则搬进了这间公寓，开始一个人的生活。搬家那天，正好是我三十一岁生日，把家里打扫干净后，我穿着宽松的 T 恤和休闲裤下楼。

当时买这个公寓的时候，周围还什么都没有，两年过去，超市、电影院、商场、美食一条街，一应俱全。小区已经住满了人，傍晚时分，都是出门买菜或刚下班回家的行色匆匆的人。

在十字路口等红绿灯的时候，我看了眼远处的天空，非常漂亮的香芋紫色，像镀了一层奶油的蛋糕。身边年轻的女孩举着手机正努力地把自己和天空框进屏幕，自拍了好几张，然后笑嘻嘻地和一旁的男友手挽手过马路。

我在超市买了一大堆东西。卫生纸、洗衣液、洗发水、清洁剂、毛巾、拖鞋……正好遇到兜售打折面膜的导购员，她说可以免费为我测试肤质，我想着又不赶时间，便做了一个皮肤测试。导购员说我皮肤很干，平时要多补水，然后推荐了我两盒补水面膜。如果换作平时，我是绝对不会买这种东西的，我和丈夫都是非常理性的人，对于保健品和面膜这类美妆，都深知毫无作用，不过是广告商营造出的一种完美幻象，让消费者误以为使用过后，就真的能变得和广告上说的一样健康美丽。

"那我要两盒。"我笑道。

东西太多，没法一个人拎回家，于是在前台办了免费送到家的服务。自己则拎着卫生纸和两盒面膜，慢悠悠离开了超市。

走在路上，遇到一群正在广场上学习旱冰的小朋友。他们在老师的带领下，小心翼翼滑行着绕过一个个障碍物，有个小女孩摔了一跤，立马大哭起来。老师回身，让她自己站起来，然后拍拍她脑袋，说："没关系，下次你会成功的。"

不知为何，我好像也受了鼓励似的，突然觉得脚步似乎轻快了许多。路过跳广场舞的大妈时，嘴里也不自觉地跟着欢快的歌曲哼唱起来。

以前，丈夫总说我唱歌难听，所以我几乎不唱歌。现在他是前夫了，在一个离我很远的地方住着。如果有可能，我们应该这辈子都不会再见。

2

晚上十点，我到小区外的便利店，买了一个奶油蛋糕。坐在对着玻璃窗的椅子上，小心撕开封住盖子的透明胶，非常有仪式感地打开。今天是我三十一岁的生日，也是我开始一个人生活的第一天。

说来挺不好意思的，这是我活到三十一岁以来，第一次一个人生活。小时候，家里人很多，爸爸妈妈爷爷奶奶一家五口住在一间五十平方米的房子里。我的房间非常小，只够放下一张床，平时写作业都是在吃饭的桌子上完成。晚上睡觉，妈妈不准我关门，说是方便晚上她起夜的时候帮我盖踢掉的被子。上了高中后，开始住校，六人间寝室，我的空间就是那张小床。我特地买了一个蚊帐，一年四季都把帐子关着，我不想让别人看到我的床。虽然床很小，但我的枕头旁放了许多小东西。几本我喜欢的小说，一个随身听，还有一罐蜜饯。晚上熄灯后，我就打开小台灯，躲在被子里听歌看书，偶尔从罐子里掏一颗蜜饯喂进嘴里，对我来说，那是一天中最快乐的时光。

大学的时候，住的四人间，每个人的床下都有一个书桌。我高兴坏了，把属于我书桌的那方天地，都贴上我喜欢的墙纸。买了许多收纳盒，把不大的桌子分为学习区和化妆区，右侧的柜子上挂着一个可以收纳卡片、收据、身份证的挂袋。我在那里读书写作业，也在那里因为失恋流泪，如此度过了大学四年。毕业后因为工资很少，所以不得不和朋友一起合租。但没合租多久，我便恋爱了，然后搬到男朋友的房子里同居。一年后，我们结婚，双方父母各自出了一部分的钱，为我们买了房子，也就是丈夫现在住的地方。

离婚的时候，丈夫出于补偿本想把大房子留给我，但我拒绝了，主动提出要这间小公寓。

"我不想继续住在我们共同生活过的地方，既然我的人生要重新开始了，那么过去的一切最好都全部换掉。"当时我是这样说的，其实内心是真的更喜欢小公寓而已。

我很小的时候，就幻想过一个人的生活。希望自己能有一个完全属于自己的小公寓，最好能在阳台看到落日。我会兑一杯威士忌酸趴在栏杆上，吹着风喝。工作一天结束后，能立刻脱掉鞋子，踩在干净的地板上，卧倒在柔软的沙发里。家里不要有电视，但一定要准备一个投影仪，周末的时候，把窗帘拉得死死的，一边喝着冰酒一边看电影，哪怕这样在家里从早待到晚都不会腻烦。

见我如此坚持，丈夫便同意把公寓给我，并打了一笔钱到我的银行卡上，让我好好照顾自己。钱不多，大概够我两年不工作的生活。

我没有把离婚的事告诉家里，因为我能够想象他们知道后的情况，一定会马上让我回老家。三十一年来，第一次真正意义上获得自由，虽然还不知道该怎么使用这份自由，但我深知，我一定不能让其他人插手进来破坏。

3

花了一周的时间把公寓布置好。

买了鞋架、入门衣架，玄关处摆放了一幅大画框，这是我之前和丈夫旅行途中买的，但一直没有挂出来过。现在放在新家，正好合适。

客厅到阳台有一扇朝内开的门，我觉得很碍事，便自己用螺丝刀把门拆掉了。以前觉得这种事自己来做非常难，但其实也没费多少力气。然后把买来的花架和懒人沙发放到阳台。给花架上挂上星星灯，晚上的时候，打开灯，仿佛把天上的一小片星空镶嵌进了自己家。我喜欢绿植，去花店选了很多绿油油的植物，又买了干花插在北欧风格的大花瓶里。

在客厅点上一个檀香，静静窝在沙发里，什么都不做，感受到一股力量正在慢慢从身体里涌现出来。以前，我以为幸福是一种猛烈的情绪，现在才明白，幸福是一种平和的，甚至难以察觉的心情。

前三十一年我都在努力追求走上一条正轨，要拥有人生游戏里的标配设置，有大房子大车子，有老公孩子，有三五朋友，有一份稳定的工作。我不是这条大道上唯一的旅人，我和许多人一起出发，只是在前行的过程中，我突然发现了一条分岔的小径，然后带着行李就改道了。

人生天地间，忽如远行客。

这一刻，我才终于懂了这句诗的奥义。

我给自己冲了一杯热巧克力，双手握着杯子，对开始的新生活感到由衷的快乐。

不久，得知我离婚的朋友们便开始陆续来慰问我。

阿亚坐在阳台上的懒人沙发上一边喝茶，一边问我："我家里的多利生了四只小宝宝，你要不要一只？改天给你送来。"

多利是一只比熊犬，娇小伶俐，每次去阿亚家玩的时候，它都会主动凑过来蹭我的腿。我们聊天吃东西的时候，它就趴在地上瞪大了圆眼睛安静地瞧我们，要是我们叫它的名字，它会立马站起来摇尾巴。这样一只可爱的小狗，换作别人一定无法拒绝。我明白阿亚是怕我一个人生活太寂寞，有小狗陪伴，不至于显得过于孤独。但我还是拒绝了她的好意："我现在还不想养宠物，我想一个人生活，不需要人和其他生物的打扰。"

阿亚抬头，看见我放在花架上的几个空酒瓶，那是我这段时间喝的酒。有粉色的气泡酒，有日本的酸奶酒、角瓶威士忌，和几瓶粉象啤酒。她脸上闪过一丝担忧，转而看向我："要是心情不好，可以打电话给我。"

我笑了笑："我没有心情不好，我是太开心了，所以才每天喝酒。"

阿亚显然不信，她说："我知道一个女人要释怀那样的事太困难了。"

面对阿亚的忧心忡忡，我为自己的没心没肺感到一丝羞愧，我又给她倒了一杯茶，说："或许我早就不爱他了，所以也就无所谓伤心或者埋怨。"

阿亚走后，屋子里又恢复往日的安静。可我感到一丝怅惘，家里没有酒了，我换好衣服和鞋子，下楼去便利店买酒。

这家便利店我每天都会来。有时候来这里买肉包和豆浆作为早餐，有时从外面回来，想吃关东煮的时候，便买好东西坐在店里的椅子上待一会儿。店里的酒水有限，我买了一瓶葡萄酒，结账的时候，看到柜台处贴了一张招聘启事。店员大概发现我正在看，便问我："要不要来我们店工作？"

"嗯？"我一时没反应过来。

对方是一个看上去二十出头的年轻男孩，长得白净清秀，见我疑惑的表情，倒是先红了脸，不好意思道："因为每天都看到你来店里，猜测你应该没有工作，所以才贸然问了句……"

"哈哈，我确实没有工作。"我说，"我考虑一下。"

4

一个人在家喝了大半瓶红酒，微醺的状态令我感到轻松。中世纪的人，相信酒是与神沟通的介质，在这样的状态里，理性被驱逐出境，完全用感性去理解生活。

我对着星星灯发愣，突然想到和丈夫谈恋爱那会儿，他开车带我去康定自驾游。我们因为走错了路，在山里兜兜转转了好久，直至天完全黑了下来，也没有到达预先计划的地方。

丈夫停车，说要下去抽支烟。康定的晚上很冷，我便留在车里。没过一会儿，丈夫就回来了，拉开我这边的车门，伸出手来，对我说："快出来。"我不明所以，牵住他的手，被他带下车，然后看到了满天灿若钻石的星星。

我第一次看见那么美的星星，甚至可以看到银河。在我们的头顶上方，仿佛伸手就能触摸。人在面对太过伟大的自然美景时，真的能够感动落泪。我鼻子一酸，差点就哭了。后来我才明白，那是每个人在感受人生高潮时都会有的心情。因为按照小说构造来说，高潮之后就是低谷，人没有办法永远保持那样猛烈的情绪，它势必滑落下来，在心里形成喟然的悬殊。

第二天早上离开的时候，我发现附近有一间破败的寺庙。庙里只有一尊菩萨，菩萨面前放了许多钞票，都是许愿的人放的。

我虔诚地许了一个愿望，然后摸了摸口袋，摸出六张一块钱，将钱小心地放在其他钞票上面。离开的时候，寺庙周围的经幡被风吹得飞扬起来，丈夫站在车前，嘴里呼出白气，对我说："要不我们结婚吧。"

我想那一刻，菩萨大概是真的听到了我的愿望。

结婚前，我在一家广告公司上班。结婚后，辞职去丈夫创业的公司帮忙。两个人一同经营着只有五个人的公司，每天一起上下班，一起熬夜到凌晨，谈下第一个项目的时候，为了庆祝，带公司所有人去吃了一顿很贵的日料。我已经不记得自己喝了几瓶朝日啤酒，醉醺醺地靠在椅子上，转头想问身旁的丈夫时间，却发现他人不知去了哪里。

我二十五六岁的时候，丈夫和我的父母就开始催我们要孩子。其实我们是有过一个孩子的，可惜那时我们正在创业，每天忙着工作，等发现的时候，孩子已经流产了。医生说要多休息，不然是很难重新怀上孩子的。

年轻的时候，想着要拼命往前跑，虽然身后根本就没有任何东西在追你。但还是不顾一切地往前，不想落于人后，害怕好的东西都被其他人先抢走。直到你跑到那个中途休息的驿站，才发现，一直想要的东西，其实连自己都压根没想明白是什么。

离婚后，我自然离开了公司。结束了不规律的生活，可三十多岁的女性，想要再重新去公司上班，面试的时候难免会被多问几句。何况，我并没有要重新进入公司上班的打算。

第二天，我早早到了便利店，对昨天那个店员说我想应聘。

他问我以前做过类似的工作吗？我摇头，他也没有说什么，而是和店长打了一个电话，然后就决定雇佣我了。

便利店的工作三班倒，第一周我上的是早班，早上八点到晚上六点。男生叫小志，在附近的大学念书，马上就要毕业了，但他说他不喜欢自己的专业，所以经常不去上课。休息的时候，我们一起坐在店里的椅子上，喝着用员工半价买来的酸奶，聊一些有的没的。小志说他现在正在存钱，等毕业后就要去世界各地看看，不想急着上班，不想那么快就步入既定的轨道。

小志说之前上课老师带领他们做过一个实验，把一只跳蚤放进杯里，刚开始跳蚤一下就能从杯里跳出来，于是他们在杯口盖上透明盖，跳蚤仍会往上跳，但碰了几次盖后，慢慢就不跳那么高了。这样多次下来，再将盖拿走，发现那只跳蚤已经永远不能跳出杯子，因为它的目标高度已经不及杯子的高度了。

"我可不想成为那只跳蚤。"小志不屑道，"所以我必须立刻离开那个杯子。"

　　我好像从来没有过那样的想法，即使现在离婚了也没有。阿亚曾劝我出门旅游散散心，还推荐了好几个旅游线路给我，但我完全没有兴趣。比起出门看世界，我更想待在自己的一亩三分地里，真是没出息啊。

　　开始上班后，我每天的生活变得极其简单。便利店、家和附近的电影院，构成了我的三点一线。小志曾陪我看过一次电影，就再也不去了。

　　"看电影就是要互相讨论剧情才有意思嘛，你一句话都不说，太闷了。"他这样抱怨道。

　　所以，后来就成了我一个人看电影。我不喜欢在看电影的时候和人说话，哪怕是烂片，我也会完完全全沉浸在导演营造的那两个小时的虚假世界里。我想，这或许就是我和世界的交流方式。

　　有时候我也会纳闷，我真的爱着自己的丈夫吗？仔细想来，丈夫不过是我在那个时候能找到的最好的结婚对象。长得英俊，学历不差，工作履历漂亮，性格又招人喜欢，父母都是公务员，几乎挑不出任何缺点的人选，于是就恋爱了，结婚了。我想，我对于丈夫而言，也是这样。我们爱的并不是对方，只是对方身上的条件罢了。关于这点，丈夫肯定比我更早发现，所以他后来和公司一个刚毕业的实习生妹妹恋爱了，那个小女生是我面试招进来的，长得不算好看，但非常爱笑，在公司里很受其他同事欢迎，的确会是丈夫喜欢的女生类型。一起吃日料那天，丈夫和实习生妹妹其实在店的另一个角落里待着，只是谁都没有发现。

我的爱情和婚姻，或许都像是电影给我营造的幻象，我爱上的并不是真实的东西，所以当故事结束的时候，我只能像个观众一样起身离场。原来跟爱比起来，不爱也没有更多为什么。

发现丈夫出轨的时候，我没有哭，反而有种松了口气的感觉。就像严丝合缝的生活，突然被人为地撕开了一条裂缝，我想的不是要尽快地修补好这条缝隙，而是借由着这条缝隙努力地探出了头，大口地呼吸一下外面的空气。

说来十分自私，我竟然是如此期盼着和丈夫离婚，因为比起主动逃离，顺从他人的期待继续从前的生活，当然会更加轻松。所以当丈夫犯了错后，不选择继续那种生活，便显得理由充分，再亲近的人也没法多责怪我什么。

5

没多久，父母终究还是知道了我离婚的事情。他们打电话让我回家，不然就过来找我。

我说现在住的地方很小，不方便招待他们。他们开始斥责我，我沉默地听着，直到最后，才说："我会好好照顾自己的，不用担心。"然后挂断了电话。

过了会儿，母亲发来信息，说了一大段安慰我的话，说理解我的心情，让我不要过于伤心。我告诉母亲自己已经找到了新的工作，但没有说是便利店的店员。

如果说在知道自己被背叛了后，没有一点难过是不可能的。

和丈夫一起生活了八年时间，我把他视为自己的战友。我们一起打拼，互相鼓励，拥有过许多美好的回忆。去办理离婚手续的那天，丈夫在停车场停车的时候，突然低头趴在方向盘上抽噎起来。我说："既然你想要给别人幸福，那么就必须放弃我。"

丈夫没有说话，继续呜咽。他红着眼睛跟在我身后，沉默地签好离婚协议，办理完手续后，他问我要不要去附近喝一杯东西。

我说："不用了。"

"那你要好好照顾自己。"

我笑了笑，转身走掉。走到转角的地方，确定他看不见我后，我才开始放声大哭。

在结婚的时候，有人问过我结婚的意义是什么。为了幸福？为了爱情？或者为了更好的生活？那个时候我太年轻，没有一个确切的答案。如果婚姻也是一个哲学问题的话，我想在后来和丈夫共同生活的日子里，我找到了答案，那就是，人生太过虚无，在大家一起奔跑的那条大道上，如果不找到一个伙伴携手一起的话，会时时刻刻有种从悬崖往下看的眩晕感。你不知道自己什么时候会坠落下去，你必须抓住点什么，才能免于危险，我抓住的就是婚姻。我想，这也是大多数人面对那种眩晕感能抓到的唯一的东西吧。

现在我失去了能抓到的东西，我再次感到眩晕，所以我必须重新寻找另一样替代品。

跟小志去寺庙做义工，是完全没有料到的事。他说他已经在寺庙里做了两年义工了，最开始是为了蹭斋饭。

"义工可以免费吃斋饭，我第一次吃到那么好吃的斋饭，特别是那个糯米饭，里面有红枣、红豆和花生，咸咸的，我可以吃两碗。"

在小志的强烈推荐下，我跟着他一起去做义工。上午打扫完大雄宝殿，便没有其他事情，我们穿着义工服在寺庙里散步聊天。

这家寺庙是市里历史最为悠久也是最大的庙宇，香客往来不断，也常常看到外国游客。有时候遇到游客问路，我和小志就为他们带路。有次遇到一个国外的小哥，他问中国人为什么有那么多神，光是菩萨就分了招财的、生子的、治病的，还有掌管姻缘的。

我想了想，回答他说："大概中国人太多了，按照愿望来区分菩萨的职务，便于提高效率。"

对方和小志都哈哈大笑起来。

一次，我在寺庙遇到了阿亚。她和家人来寺庙烧香，看到我的时候显得特别惊讶。

"你怎么在这里？"她问我。

"来当义工。"我说。

她看了眼身边的小志，好奇道："你朋友吗？"

我说是便利店一起工作的同事，她显得很吃惊："你怎么在那里上班呢，如果想要工作，我可以帮你问问朋友。"

大概在阿亚眼里，我太不思进取了。她似乎很怕我想不开，还劝我不要相信佛教里面说的那套东西，太过消极。

"如果不相信的话，那为什么你要来烧香拜佛？"我问她。

阿亚无奈地耸耸肩："求个心里平安。"

我看着她的背影慢慢远去，她和家人上了很长的一个走廊，走廊两旁的树上系着满满当当的祈福红布，微风一过，便悠悠地晃动起来，让我想到多年前在康定看见的经幡。但这条承载众生心愿的长廊里，并没有我的。

6

小志很快就拿到毕业证了，他向店长提出了辞职，开始筹备他的旅行计划。因为存款不多，他打算一边旅行一边打工赚取旅费。

"先去东南亚，在那边工作一段时间后再去日本。"小志拿着圆珠笔在空白纸上做着计划，他问我，"你去过国外哪些地方呢？"

我说我结婚度蜜月的时候去过一次日本，小志露出一副惊诧的表情："我还以为你没结婚呢。"

"我已经离婚了。"我笑着说，"不过那次去日本是跟团游，现在想来好像都不太记得去了什么地方，只记得有天晚上，我们躺在酒店，互相都觉得没吃饱，然后下楼去附近找吃的。最后找到一家很小的烤肉店，食客们都站着喝酒吃东西。我们两个一人喝了一杯啤酒，吃了一些烤牛肉，那是我觉得我们在日本吃的最好吃的一餐。因为在陌生的城市里，在那样一个热闹的场所，我觉得我们是彼此唯一可以依靠的人。那种心情，在以后的日子里似乎都再也没有过了。"

小志看上去完全没有听懂我在说什么，他继续埋头做攻略。为了庆祝他顺利毕业，以及即将离开便利店，我提出请他吃烤肉。

坐在嘈杂的烤肉店里，小志把猪五花和牛五花分别放进烤盘，见滋滋冒着热烟的肉蒸发出油水后慢慢缩小，他把烤好的肉夹进我碗里，突然对我说："姐姐，你要多笑笑啊。"

我抬头，一脸茫然。

"从第一天看见你的时候，就觉得你有很多心事。"小志说，"要多笑笑，才会有好运呢。"

吃完饭，我们便分开回各自家了。路过超市的时候，想进去看看打折的菜品，又遇到上次推销我面膜的导购员。那两盒面膜被我扔在冰箱里的保鲜层里，到目前为止一片都还没有用过。

我像是触电般，什么也没买地飞速往家里走。打开公寓的门，光着脚去卫生间冲了澡，然后从冰箱翻出面膜，给自己的脸敷上。我躺在阳台的懒人沙发上，盯着黄色的星星灯，有温热的液体从我眼睛里流出来。

我想到小志说的那个跳蚤实验，我何尝不是待在自己的杯子里，所谓的自由也只是杯子以内的自由，我并没有创造更多的东西，没有真正地快乐起来。

　　敷完面膜，我从家里找出笔和纸，熬夜动手为便利店做了一张海报，是关于最近新推出的商品内容。我觉得便利店的海报太过于乏味，以前毕竟在广告行业待过，对于文案和设计还是颇有些心得。早上把海报刚贴到店门口，就有路过的居民围上来。

　　"哎呀，你做的吗？真好看。"

　　我笑了笑，看到来上班的小志，冲他露出笑容。

　　我知道，我必须为自己寻找一个新的生活目标了。在我决定走向分岔路的那条小径时，就应该做好这样的准备。

　　属于我三十一岁后的人生，从现在才真正开始。

27 岁
治好这一年的焦虑症

1

我是一个逃跑者。

辞掉做了四年的工作，收拾行李，买了机票，来到这座海滨城市。

在机场候机的时候，下了租房 App 看房子。对于即将去的地方其实并不熟悉，几年前来旅行过一次，一直梦想着可以生活在有海的地方。

忘记哪个物理学家说过，时间的流逝并不具备统一性，山上的时间比海平面更快，所以住在海边的人们往往老得更慢一点。我被这个浪漫的说法击中，没有深究地，对有海的地方更加向往。

我用了一个小时就选定了住的地方，离市中心很偏，但其实也只需要一个多小时，相比从前待的地方，这个距离对我来说不算什么。抬头的时候，发现候机大厅外的天色已经暗了下来，像一牙西瓜似的月亮从云层里钻出。飞机起飞的那刻，我觉得我的心也悬挂上了月亮。

房子旁边是一片菜地，面积不大，从前是块废地，附近居民自发地将它划分为许多小格，种些薄荷、葱蒜之类家常用的东西。穿过菜地，推开一楼院子的门，就是我现在的家。

空间接近一百平方米，有三个房间，是我迄今住过的面积最大的家。不过除了这个优点外，几乎和毛坯房没什么两样。零星的家具也放了好几年，散发着一股霉味。房东说这个房子当时买来就没住过，一直空着，所以价格上也给了我许多优惠。我买了张床，把家里打扫干净，开始了新生活。

当时正好是夏天，幸好海滨城市不算太热，我去附近的超市买了一个小电风扇，放在床头，每天对着自己吹。

决定来这里完全是一时冲动，所以当冷静下来后，我并不知道自己来了后要做什么。从家里到附近的海边，走路只需要二十分钟。每天早上天还没亮，我就自然醒来，然后套上 T 恤走路去海边看日出。

已经不记得有多久没看过日出了。一个人坐在海边，手里拎着出门时泡的花茶，打开喝一口，静静地等着海平面的天空从粉红变得潮红，然后一束光照射出来，太阳像个害羞的小女孩，姗姗探出脑袋。那瞬间的感觉，让我动容。仿佛天地间，万物皆为空，只剩下我和太阳。

小时候，跟着爷爷奶奶一起长大。爷爷有晨跑的习惯，当时我们住在城乡接合部，虽然房子在小区里，但只要过一条马路，再经过一个菜市场，就能看到农家的田野和铁路。周末的早上，爷爷总是叫醒我和他一起出门跑步。我们穿过马路，穿过菜市场，穿过田野，空气是新鲜的，带着点儿清晨的凉意。我见过沾着露珠的麦苗，尝过油菜花花蕊里的蜜，吃过桑树上还没熟透的果实。有次爷爷指着天边说："你看，太阳升起来了。"

是啊，太阳升起来了。所有的东西可能都会迟到，但太阳似乎永远会照常升起。我问爷爷太阳公公的家在哪里，爷爷说它的家就在山那边，等你以后长大就可以去找它的家了。

但是当我真的长大到有能力去更远的地方，翻越一座座山，跨越一片片海，却对太阳的家在哪里这个问题不再抱有疑惑。

每次跑完步，爷爷都会带我去小区门口的米粉店各吃一碗米粉。肚子变得饱饱的暖暖的后，再走路回家。那是我童年的记忆，对我来说已经太遥远了。爷爷早已跑不动步，而我也离开那里太久太久，再回去的时候，那片田野就像梦境一样消失掉了，不复回路的另一处桃花源。

这个夏天，我几乎都是在床上度过的。饿了就点外卖，吃完饭窝在床上看剧，或者写点什么东西，我没有任何新的想法。

一开始从前几个要好的同事组建的群，还不时会有消息弹出，过了段日子，群里的消息越来越少，后来便彻底沉默。我明白这是再正常不过的事，或许公司来了新同事，他们重新组建了新群，每天吃饭上厕所买咖啡，找到了可以替代我的人选。这世间所有的事都是一个轮回，只是你可能不再出现在那个被轮回的范畴里了。

打开微信，望着那个或许一辈子都不再联系的头像，点开进去，朋友圈只有一条灰色的笔直的横线。对方已经将我删除，他或许也很快就会进入自己下一段恋情的轮回。我清楚地知道，如果我仍旧待在从前的城市，我的生活也会继续轮回下去。工作、恋情、生活，像在地上不断画出的圆圈，我被困在里面，面对不同的人，反复经历佛家说的八苦。

就是这样啊，可是人生又究竟能怎样？我不知道，但我讨厌在原地不断画圆的过程，所以我逃了出来。

日子一天天过去，我长胖了十斤，站在镜子前，捏了捏自己脸上的肉，我意识到是该为未来打算打算了。

2

有天晚上，从便利店回家的路上，拣到一只受伤的流浪小猫。它躲在草丛里咿咿呀呀不断叫着，我走过去，打开手机的手电筒照过去，看到它痛苦的眼神望着我，前脚有一条明显的伤口。我抱着它去宠物医院处理，医生给它打了一针狂犬疫苗，又做了驱虫，重新交到我手上的时候已经是凌晨了。

小猫安静了下来，找了个舒服的姿势躺在我怀里，圆圆的眼睛盯着我看，伸出暖乎乎的舌头不时舔舔我的手指。从小到大我没有养过宠物，因为嫌麻烦。但那一刻，我决定把它带回家，让它加入我的新生活。

我给小猫取名可颂，因为我喜欢吃可颂。然后在网上找了视频教程，按照上面的方法用旧 T 恤给可颂编了一个猫窝。它似乎很喜欢，趴进去翻了个身，四处蹭蹭，然后安静下来，慵懒地待着不动。下午的时候，有阳光照进窗台，我把可颂的猫窝搬过去，好让它晒晒阳光。现在已经是初秋，小院门口的几株桂树都开花了，每次开门进门，都能闻到一股浓郁的香气。

可颂比一般猫更喜欢户外，它经常趴在窗台往外看，不时喵喵几声，似乎很想出门。我把它放在肩上出门，大概从前是野猫的缘故，它对自然的喜爱多于家里，我很害怕把它放到地上，它就立马跑掉，再也不回来了。散步走到一家咖啡馆，外面被爬山虎紧密地包裹着，玻璃门上贴着很多海报，要不是门把上挂的小黑板上写着"coffee"的字样，很难发现里面是做什么的。

推门进去，空间很小，只有三张桌子，吧台有两把椅子，一个穿着咖啡工作服的年轻女孩正低头工作着。店里没有其他人，虽然有轻柔的音乐从音箱流淌出，但我还是觉得太过安静，开口打招呼的时候也小心翼翼，生怕惊扰了她。

"你肩上的猫真可爱。"最终还是她先发现了我，圆圆的脸蛋，看上去最多二十出头，头发有些自然卷，小麦肤色让她看上去很健康。"它叫什么名字？"

"可颂。"说完，我又补充了一句，"因为我喜欢吃可颂。"

女孩让我称呼她为 Coco，问我要不要来点刚出炉的可颂，我说我最近正在减肥。

"现在可正是贴秋膘的时节。"她露出不解，最后还是按照我的要求给我做了一杯美式咖啡。

Coco 说她只是这里的店员，老板人在国外，大半年才回来一次，把店交给她打理。店不需要租金，所以只要收支平衡一直运转下去就行，要是还能赚到钱那就是多余的礼物了。Coco 自己是个咖啡师，除了店里的日常工作，她还在微信朋友圈卖自己烘焙的咖啡豆，有时会被邀请去书店或者商场做一些关于咖啡的培训活动。

我突然羡慕起她的生活来，不仅自由还可以做自己喜欢的事。她笑笑，一副全然不在乎的模样，对我说："啊，不然人还要勉强自己去做不喜欢的事吗？为什么要那么憋屈？"

为什么要那么憋屈？过去几年里，我从来没想过这个问题，觉得许多事自然而然就发生了，因为周围其他人的生活是这样度过的，所以我默认了自己的生活方式也该如此。

我之前在一家金融机构做媒体，加班是家常便饭。那几年时间，我几乎没有吃过早饭，早上都是被微信工作群的信息叫醒，然后起床简单洗漱，就去公司。男友是工作时认识的，他是我们当时合作的一个项目的对接人，我和他因为工作来往，一来二去便熟悉了。恋爱两年，我们见面的时间很少，连在微信上闲聊的时间都近乎奢侈。后来我想，我们能交往两年，不过是因为当时我们忙到没有时间去思考彼此间的关系和未来，更没有时间去认识新人进入下一段恋爱。

人怎么可以忙到那种地步呢？但所有人都告诉我，年轻的时候不努力，等老的时候想努力也来不及了。那时我最大的愿望是在公司待满五年，因为交满五年社保，我就可以贷款首付一套自己的房子。我太想拥有一个属于自己的小房子了，哪怕三四十平方米也好，不想和人合租，共享厨房和洗手间，和室友因为一些鸡毛蒜皮的事发生矛盾。一个完完全全属于自己的独立领域，成了我努力工作的唯一目标。

前男友对我说，没关系，以后我们一起买啊，这样压力会小一点。

我没有说话，因为我心里想的是，我只想要用自己的钱买一间属于自己的房子，仅此而已。

这可能也是我们分手的原因，他觉得我从未计划过我们的未来，我自私自利，一心顾着自己。我喜欢他，我可以在他想见我的时候，坐一夜火车去他出差的地方，只为了一起吃顿早餐。我也可以存钱买他一直没舍得买的球鞋作为礼物给他。作为恋人应该做的，我都会做，但要我牺牲掉自己的想法去妥协，我没办法做到。

大概是没有安全感吧，那几年我非常焦虑，头发大把大把地掉，我害怕工作不被认可，害怕领导不给我升职，害怕回家面对父母对我一脸期待我却什么也不能给的落空。想有个自己的家，累了至少可以待在那里，不受到任何人的打扰，不用在乎任何人的心情，否则，那跟我和别人合租的情况又有什么不同？

工作第三年，有家公司来挖我，薪资差不多的情况下承诺年底给我分股，未来的发展前景也会更好。当时工作得很疲惫，心里很想换个环境。我问朋友，要不要离职跳槽到另一家公司，但我担心那边的工作环境不适合自己，到时也没法再回到这边的公司了。

朋友很不客气地说："那是因为你没有遇到更好的选择，当一个选择够好，你根本不用犹豫，直接答应就行了。"

但更好的选择是什么，我无法想象。

3

天气逐渐变冷，我也开始往家里慢慢添置东西。Coco 介绍了一个旧货市场给我，我在那里淘了许多家具。大到可以装下我的樟木箱、被前主人烫坏的木头桌子、打过补丁的沙发、掉漆的椅子，还有一堆旧书和画框。Coco 送了一个烤箱给我，她说这是超级能增加生活幸福感的东西。我说我不做饭，她眨眨眼，说那你就放着当装饰好了。

可颂比夏天的时候长大了不少，我给它重新做了更大的猫窝。它似乎渐渐习惯家猫的生活，不再每天站在窗台看外面了，懒散到我伸手揉它都很少给我回应。

地球上的生物，无论人还是猫，对环境的适应能力都同样惊人。

Coco 听说我家门口有桂花树，抽了个时间来摘桂花。她从包里拿出一张很大的塑料纸，平铺在地面，然后抱住桂树开始猛烈摇晃。桂花从枝丫上簌簌往下落，很快透明的纸上就沾染上了一层金黄。

"来年这个时候，我们就有桂花咖啡喝了。"她笑得很开心，脸上露出深深的酒窝。

秋天就快要过去，但我一斤肉都没有减下来，反而开始心安理得地去 Coco 的咖啡馆喝榛果拿铁吃可颂。

和朋友在微信上聊天，他劝我回去，就当给自己放了一个悠长的假期，或者在当地找份工作，否则人很容易堕落。

朋友说："生活不在别处，就在此处。"

我说我的此处在这里，而不在别处。

最终我们谁也没有说服谁，或许生活的本质终归都差不多，但我还想再看看，是否能找到另一种意义。

虽然二十六岁似乎不是一个可以不管不顾的年龄，但我想没有哪个时候比现在更适合做一个大胆的选择。去年出差采访，认识了一个六十八岁的外国老伯，他一个人背着包徒步旅行，还玩滑翔伞。我说你不怕危险吗？他笑起来，脸上露出很深的褶皱："那至少到生命的最后一刻，我都是快乐的。"

那时我正遭遇工作和感情上的瓶颈，一副老气横秋的模样，听完老伯的话，我想了很久，最后还是告诉自己，那是社会环境不同，我没有办法像他那么肆无忌惮地生活。

回来后，心里却一直在想这件事。和同事朋友聊天，也总会提到那个老伯，大家只当一段轶事听听，谁没在旅途上遇见点有意思的人和事，但生活终归还是要归于寻常。我只是多了一个可以讲给别人听的故事罢了。

可心里总是有点不服气的，直到后来在公司加班连续一周，坐在马桶上听见自己心脏嗡嗡的噪音，担心猝死而手忙脚乱地跑去找手机给男友打电话。没人接，继续打，接着是直接挂断。在忙吧，我完全可以想到他不接电话的原因，从前可以体贴地站在他的角度去思考，因为自己也会选择这么做。工作和爱情，我们似乎都没有犹豫地选择了前者。突然感到困惑，我究竟生活在一个怎样的环境里？这种人为刀俎我为鱼肉的日子，终于让我彻底厌烦了。

那天我一个人打了120的电话，然后等医护人员把我抬上车。一路平静，医生说我幸好觉察得早，要是再多等一小时，事情恐怕就不乐观了。

一个人躺在病床上，打着吊瓶，旁边是其他病人发出的鼾声。那是我自成年来最平静的时刻，没有焦虑，没有挣扎，没有困惑，我拿出手机告诉男友我们分手吧，然后给领导发了辞职信息。一切过程都非常轻缓，像月光掠过树丫，穿过河流，去到大海。

那晚我梦见了海。我一个人坐在海边，四周静寂。我知道生活不过如此，但我想在不过如此里再寻找一点别的什么。

4

为了消磨时间，我在附近的瑜伽馆买了一套课程，每天定时过去报到。一开始我的每个动作都只能做到一半，老师说我的筋太硬，不能着急，能做多少就做多少，千万别勉强。我喜欢一节课结束后的冥想，在音乐和老师的引导下想象自己的身体变得格外柔软，好像拥有了无限的可能。

课后老师却叫住我，说我身体太紧张了，即使冥想时也没有完全放松。眉头紧紧皱着，身体也很僵硬。不过她并没有给我压力，说没关系慢慢来，下次会尝试其他方法帮我放松。

快到圣诞节了，瑜伽室要举办圣诞活动，老师说到时会做热红酒给大家喝，也欢迎学员带朋友过去。

我问 Coco 要不要去，她非常开心，还做了肉桂卷说喝红酒的时候吃。

我们晚上去的时候，已经有很多人围着吧台看老师做热红酒。她说做热红酒最关键的是红酒，一定不能选择干红，她用的是一款德国的圣诞红酒，带有果香味，加上肉桂和水果，煮出来的红酒特别好喝。

她煮出的第一锅，很快就被大家分食完毕。Coco 找来盘子和刀，把肉桂卷分成小份，递给大家。所有人都夸她的肉桂卷做得好吃，还问了咖啡馆的地址，说下去有空一定过去坐坐。

Coco 看上去对社交游刃有余，既不会让人觉得过分热情，也不会太过生疏。我喝着杯里的红酒，问 Coco 喜欢交朋友吗。

"喜欢啊，但仅仅是交朋友，要成为朋友可不容易。"Coco 把手里剩下的肉桂卷全部塞进嘴里。

感觉 Coco 总是能说出一些令我感到困惑的话，我说："为什么你年纪轻轻，却总说出一些沧桑的话？"

Coco 睁大眼睛，惊讶地看向我："我都三十多岁了，这点阅历还是有的。"

这回轮到我惊讶了，和 Coco 认识这么久，我一直把她当成小女孩，以为她年纪比我小，是个对未来充满无畏和无限希望的女生。

"哈哈哈。"她大笑起来，"我都离过一次婚了呢。"

这时瑜伽老师过来，招呼我们去吃圣诞蛋糕。一米多高的翻糖蛋糕，四周摆放着花花绿绿的糖果，有人已经拿着手机开始拍照，圣诞音乐响起，所有人的情绪都亢奋起来。大概是热红酒的作用，我觉得脑袋有些晕乎乎的，像踩在一团柔软的棉花糖上。

Coco凑到最前面去了，拿着刀把蛋糕切开，她手上不小心沾上奶油，她低头用舌头舔了舔，然后带着一块蛋糕找到我，放到我手里。

"那你为什么要结婚呢？"我还继续陷在之前的话题，心里好奇地想要知道。

Coco眨眨眼，笑着看向我，说："结婚最大的理由啊，应该是拥有离婚的自由吧。"

是啊，需要什么理由呢。喜欢就在一起，不喜欢就算了。很多事不都该如此吗，但我似乎总为自己深陷的时空找各种理由。我被那些理由抑制住，忘记了思考，虽然它的确展示了我从前习惯的另一种现实。

我们应该有爱的自由，也有不爱的自由。有选择的自由，也有逃避的自由。有奉献的自由，也有自私的自由。而不是理由。

5

几年前来这里旅行的时候，是一个人。

本来和朋友约好一起，但对方临时有事，于是成了独行。

那时刚大学毕业没多久，在公司刚过试用期，想要奖励自己，于是买了来海边的机票。我满腔的期待，在闻到海水咸湿的气味时，觉得自己就是某部文艺片的女主角。棉质长裙和宽松T恤，穿着匡威帆布鞋，脖子上挂着单反，宽宽的帽檐随着海风的方向起伏，有随时被吹走的危险。可心里就是觉得，我是这世界的中心，这个世界是为我而来的。

无畏的想法。

小时候以为月亮是跟着自己走的，中学时觉得未来一定会遇到命中注定的白马王子，大学时相信自己一定能在世界留下浓墨重彩的痕迹。那种想要站在舞台中心的念头，与生俱来。每个人都有段时间，误以为自己有成为世界主角的机会。有些人成功了，有些人认识到了这个误会，还有一些人，像我这样的，理解了这个误会却又不愿意接受自己世界里的法则。

"你的焦虑不过是你的能力配不上你的野心。"这是前男友对我说的话。

两年前，我因为焦虑而严重失眠，头发疯狂地掉，暴瘦了十斤，人憔悴了许多，每次我祈求医生多给我开点安眠药都被拒绝。我只好偷偷想别的办法弄药，前男友发现后，带着我去看心理医生。出来的时候，他说不如我们结婚吧。

我抬头诧异地看向他。

"结婚就好了，很多女生结完婚后就不会再胡思乱想。"

我想就是那刻，我心里重新对自己爱着的人有了新的认知。我明白他这么说是为了我好，但我不想要这样的好。

矫情也好，幼稚也罢，我无法去做一件心里没有完全赞同的事。哪怕是错误的路，也请允许我走一走再做定论。其实，我想要的不是一套正确的人生法则，与其告诉我该怎么做，不如温柔地对我说声"没关系"。

一生听过太多道理，不过想要一句没关系。

只是没想到这句话，最后对我说得最多的，是现在的瑜伽老师。她总是对我说没关系，不用勉强。有时我开玩笑问是不是我学得慢，就可以多收我几节学费了。

老师大笑，顺水推舟，回答我是啊。

她和 Coco 都是我遇见的精神上散漫无畏的人，我喜欢她们。

本来最开始上课是为了减肥。虽然体重没轻多少，但我感觉自己的精神状态好了很多。老师说瑜伽最重要的是呼吸，只要把呼吸练好，哪怕动作不到位，也会有所收获。

于是我开始晨跑，从家里跑到海边，绕着沿海步道一路追着逐渐升起的太阳。出一身大汗，再回家洗个热水澡，开始做早饭吃。

Coco 把肉桂卷和可颂的做法教给了我，我买了材料，学习和面，捏卷，搅拌。做这些的时候，我好像和生活融为了一体。

春天的时候，我常带着做好的肉桂卷和可颂去瑜伽室。老师说要不以后的下午茶都由我来提供，他们付钱给我。我没有拒绝，一个夏天一个秋天和一个冬天过去，我终于在春天的时候开始有收入了。虽然不多，但至少代表我仍有赚钱的能力，对我而言是重要的肯定。

我还开始习惯了裸睡。晚上洗完澡，什么也不穿，钻进干净暖和的被窝，可颂趴在枕头边蹭我的脸，我闭上眼睛用呼吸排除心中的焦虑。

从前不敢裸睡，是因为有着不安全感。害怕半夜发生什么意外，在慌乱中来不及穿衣，光着身子跑出去，然后被人拍照发到社交网络。虽然这事从没发生在我身上，也没有发生在我朋友身上过，但我心里就是有这样的顾虑。无端让不存在的烦恼入侵脑袋，这不就是我焦虑的原因吗？

6

有天早上，我跑步到海边。那天是阴天，一直到八点，也没有看到太阳出现。我站在海边发呆，身边不断有骑车经过的上班族。在这里生活一年，我已经习惯了海水的气息，每次呼吸，好像都是和大海的一次互动。

我想我的生活也是一片海。这片海隔开了过去的我和现在的我，但我本身并非过去和未来，我只有当下。人生当然会继续经历生老病死、爱和恨的各种苦与乐，但至少对我来说，它们都是新的。

34 岁
回到小城
生活的吉光片羽

1

八百块可以租到两室一厅的大房子，到市中心骑小电动车十分钟可以到达，走路十五分钟能到上班的学校，三元五角钱可以吃到一碗酱香浓郁美味的米线，十几块钱就能买到一大袋卤味，出租车的起步价五元，从城东坐到城西最多不超过三十元。物价低得令人发指，当然薪资水平能上六七千已经是很高的待遇了，房价仍旧贵，一万出头的房子满地都是，有钱人多，街上可以看到很多豪车，魔幻的小城生活，却实实在在存在于我的家乡。

"嘿，你怎么回来了？"第一个认出我的人是我的小学同学，当时我坐在米粉店吃早餐，抬头看向对方的时候，愣了愣，我没有立即认出眼前的这个人，只觉得很熟悉。

"我啊，冰冰。"

经她这么一提醒，我终于想了起来。冰冰，我的小学同学，当时她算是我们班上的风云人物，长得漂亮，成绩又好，家里的经济条件也挺好，经常穿着当时非常流行的阿依莲的新衣服来学校，很早就拥有了自己的第一台电脑，班上成绩好又长得帅的几个男同学跟她关系都很好，我那时候还偷偷羡慕过她。

稍一垂下视线，就看到她身边站着的小孩，已经可以走路了，在冰冰的催促下，怯生生喊了我一声："阿姨。"

我有点尴尬，其实我能感觉到冰冰也有点尴尬，但她显然比我更擅长应付这样的情况，轻车熟路地问店老板要了一笼肉包，两份豆浆，然后在我对面的空位坐了下来。

"回来玩吗？"冰冰把孩子抱上凳子，从自己的背包里拿出一个儿童专用的卡通布巾，给他围在脖子上。

我说："回来工作的。"

她露出震惊的神色："没在北京待了？"

我笑了笑："是啊。去年考了教师资格证，现在在附近的中学当老师。"

"哦哦。"她愣了愣，随即露出笑容来，"回来也挺好的，那你老公也跟着一起回来了？"

"我还没有结婚。"说完，我又补充道，"我还是单身。"

这一刻，我明显看到她脸上如释重负的神色，之前的尴尬一扫而光，继而热络地凑近我："你喜欢什么样的？我看看我身边有没有合适的，介绍给你。"

我笑着拒绝道："暂时还不需要，谢谢了。"

我吃完米粉，她的小笼包和豆浆才端上来，我迅速地拿出手机扫了桌上的付款码付钱，然后起身道别："我上班去了。"

结果冰冰追了上来，喊住我道："加个微信吧，小学同学聚会时叫上你。"

于是，我们在这一场略带尴尬的气氛中挥手道别。

2

还没下班，在办公室批改作业的我收到了母亲让我晚上回家吃饭的信息。

其实父母家就住在离学校十分钟不到的小区，那是一片老小区了，我高中毕业的时候家里搬到那里后，就一直没有再换过地方。但我回来后没有选择回家住，这因此成为我们经常吵架的导火索，当然更大的导火索是：结婚。

我谎称晚上有课，拒绝了母亲。

这是我回到家乡的第一个月，我比我想象中更迅速地适应了这里。毕竟从前在这里生活了十八年，骨子里的熟悉感，并不会因为在外的十几年就消失殆尽。

下午放学，我收拾好东西往外走，听到办公室的其他老师约着晚上一起打麻将，他们很自然地忽略掉了我，因为从上班第一天他们约我的各种聚会，我都拒绝掉后，他们便把我自动划入了不合群的行列。当然，不是他们刻意这样做，而是我自己主动选择了这样的方式。

离开学校，去邻近的菜市场买菜。卖菜的大多是周边农村的农民，自家种的瓜果蔬菜。晚上的时候，大多蔬菜都打了折，我选了几个西红柿和几把青菜，买了一斤猪肉就回家了。

一个人生活，最麻烦的便是做饭。

其实大可以点外卖，小城的外卖很便宜，而且吃的种类繁多，刚回来的那一阵，我几乎一天三顿都点外卖，因为路程都不远，配送费很便宜，一天算下来的外卖费也不过三十多元，吃得毫不重样。早上一份燃面或者姜鸭面，中午酸萝卜鸡杂配一大碗米饭，或者一人份的火锅冒菜，晚上点一两份豆花小碗菜，有时也会点汉堡薯条，小城里有轻食，但并不流行，而且味道不怎么样，在点过一次后就放弃了。因此刚回来没多久，我的体重就噌噌往上长了好几斤。三十四岁的身体，新陈代谢已经比不过从前，但好歹是把之前心心念念的家乡美食都挨个吃了个遍。

于是开始做饭，我觉得自己做饭有一种仪式感，让生活归入某种安然的秩序里，把我从异乡带回来的落寞和孤独感也一并扫光了。

回到家，慢悠悠地做了西红柿炒蛋和清淡的青菜汤，打开最近追的甜宠剧，一边吃饭一边看。我在网上买了一个最近很火的日落灯，晚上打开，会在墙面上晕开一圈漂亮的光晕，仿佛把黄昏时的落日永远定格在了房间。科技已经发达到可以伪造黄昏，伪造浪漫，但仍旧没有能将一个人的年少岁月给伪造出来，即使花费巨额资金去做时下流行的医美项目，一个人的年纪还是会从眼睛里透露出来。科技能够伪造的永远只是表象，一个人年轻时候的热情和无畏，始终回不来了。

以前喜欢一个人小酌，但随着年岁渐长，每次喝完酒第二天身体都会有所不适，于是自己在网上找了教程，做百香果蜂蜜柠檬茶。步骤简单，买一斤柠檬回来，用盐细细搓一遍表皮，清水洗干净，切成薄片，去籽。再切开百香果，把果肉全部挖出来，准备好一个干净的玻璃容器，第一层蜂蜜，第二层柠檬片，第三层百香果，第四层冰糖，以此类推，一直重复放入，最后一层用蜂蜜封顶。密封关好，放进冰箱，三天后就可以吃了。

洗完碗，我打开冰箱，挖出一大勺百香果蜂蜜柠檬酱，放进杯子用热水冲好，坐在沙发上发呆。

一天就这样过去，非常普通的一天，然而人生中大多都是这样平凡的日子。没有起承转合的波澜，那些龙飞凤舞每天如同传奇的故事，终究只是书本和荧幕里的。真实的人间，是如此寡淡，就算在一瞬间的高潮后，紧接着而来的仍是避无可避地往下滑落，如同万有引力般的规律。

想到十八岁时候的我，带着行李离开这个小城时的欣喜和期盼，那时觉得整个世界都是为我而来的，只要我愿意，我终究可以活得灿烂无比，不虚此生。

可什么才是不虚此生呢？

二十二岁大学毕业，我进入了一个最光鲜靓丽的行业，在外人眼里看来，我时常满世界到处飞，身边结交的都是那些电视里才能看到的人物，拍的照片永远要精修后才会发到朋友圈。那确实是我最快乐的几年，我以为我会一辈子和那样的生活打交道。可除了一张张漂亮的照片，和旁人看了会羡慕的通讯录外，其实我什么都没有留下。

也是过了很多年，我才意识到那不是属于我的世界，我只是一个拿着有效期限证"到此一游"的游客。

3

姑姑的生日，全家人都会去给她庆祝生日，于情于理我必须去这一趟。

虽然父母准备了红包，但我还是在放学的时候去花店买了一束花，去商场挑选了一套护肤品带去饭店。

姑姑和我父母家住同一个小区，两家人经常互相走动，所以对彼此家里的事都很了解。表弟比我小五岁，小时候我们经常一起玩，长大后大概出于年龄代沟或者性别的原因，渐渐来往得少了，我们也已经很多年没有见过面，因为我好几年没有回家过年，为了逃避父母的催婚和唠叨，过年前会特地约朋友去外地旅游。过去在花钱上毫无规划，以至于三十四岁的我并无多少存款，对于父母而言，我是个没钱没男友的大龄剩女，如果还有人能因此看上我，可能是祖宗保佑了吧。

终于见到了表弟，他比我印象里胖了许多，人看上去有些疲惫，听说他要结婚了，但女朋友今天没跟着一起来。

"他女朋友最近出差了。"姑姑解释完后，又抱怨道，"我早让她辞掉那个工作，安心地考个老师或者公务员多好，她以后要是怀孕了还这么出差，她肯定后悔死！"

表弟脸上神色不太好看，微微蹙了蹙眉，但没说什么，闷头大口吃菜。

姑姑说着看向了我父母："还是你们家的厉害，第一次考教师就考过了，现在回来安安稳稳当个老师挺好的。"

我笑了笑没说什么。我想，要在这里长久地生活，总得妥协一点什么吧。

没多久，姑姑开始聊起给表弟买房子的事，她打算在市区买一套三室两厅的房子，女方出车子，这样房子车子都有了。表弟的工资不高，一个月三千五百块钱，他自然是拿不出买房子的钱，这一切的压力都落到了姑姑和姑父的头上。

表弟依旧沉默寡言，对此没有发表自己的任何意见。姑姑像是他的官方发言人，替他说完了未来好几年的规划，甚至可以说直接帮他安排好了未来的人生。

"还是早点结婚好。"姑姑突然把话题转到了另一个人身上，是我表妹的表哥，我小时候称呼他为徐哥。说起来没有血缘关系，但一个小城就那么大，互相走动着也算半个亲戚了。"他都快四十岁了，介绍了好几个相亲对象都没成，哎，你说他家里也算有钱吧，但还是讨不到老婆。"

徐哥的事，我从小到大几乎每年都会听家长讲一次。小时候，关于他的话题无非是身体不好个子矮，长大后就是关于他结婚的事，其实他家境在我们小城算挺好的了，可能因为他性格沉默寡言加上长相不讨女生喜欢，便一直没有恋爱也没有结婚。四十岁的男人，娶不到老婆，在我的亲戚眼里仍旧是可耻的。这点上，倒是男女不限。

我对徐哥的印象还停留在中学那会儿。我妈送我去一个老师家里学画画，徐哥当时也在，他喜欢画画，而且画得很好，即使是我这个门外汉，就能从他的画里窥见激烈的情绪和非凡的表达。可后来他父母觉得画画始终不是一个正经事情，他便放弃了，高中毕业后在邻近的城市读了个跟建筑相关的行业，可毕业后在相关单位没工作几年，他却辞了职，转而干起了理发行业。

"你说他好好的正经工作不做，非要去当理发师，唉。"说到这里，大家又是一阵叹息。

我静静地喝着碗里的甜汤，抬起头，突然发现表弟正看向我，四目相对的刹那，他又迅速埋下头，仿佛刚才什么也没发生过。

吃完饭，大家准备找个茶室打麻将。

我借口要回家写教案，一个人离去。

我没有立即回家，一个人走在街道上，想要散步消消食。小城市的生活，如同一条平静的河流，但如果扒开来看，那些安静的表象下往往静水流深。

姑父前几年出轨，家里闹得鸡犬不宁，两口子吵嚷着谁不离婚谁是狗，结果到了民政局还是没有离成，最后姑父终究断了跟外面女人的关系，回到家继续过日子。表妹婚前怀孕，结果孩子的父亲一声不吭跑了，在家人的陪伴下打掉了孩子，因为这事动静不小，这个小地方什么事不出三天，几乎所有人皆知，于是表妹最后嫁给了一个二婚的男人，但现在小两口一起在市中心的一条美食街做小生意，日子倒也过得和和美美，只是没有孩子。其中的原因没人当面问，但背地里哪怕是我父母也常说，肯定是打孩子的时候伤了身体，没那么容易怀了。

而我像这个家族中格格不入的那分子，因为这十几年都不在家中，这么多岁月里总得发生点什么故事吧，所以他们对我格外好奇。

怎么还没结婚呢？谈过几段恋爱呢？在大城市做什么工作呢？诸如之类的问题，大家没少问，但我总是轻飘飘地带过，不给他们一点缝隙钻入继续深究。慢慢地，大家也不再好奇我的过去，更多关心我的未来。

唉，都这么大年纪了，找个人结婚安心过日子吧。

三十四岁生孩子都是高危产妇啦。

你以前的那些同学呢？有没有还没有结婚的？离婚的也可以试试嘛。

……

想着这些，不知不觉就走到了以前的高中学校。

学校早已焕然一新，变得更大了，新修了好几栋教学楼，还更改了名字。此时，一些教学楼的窗户里还亮着灯光，应该是上晚自习的班级。其实当时报考教师的时候，也想过来自己母校，但一想到可能会面对曾经教过自己的老师，又放弃了。虽然在这个小城，我们的见面只是时间早晚问题，但我还是不想以这样的身份出现在曾经的老师面前。

为什么呢？是觉得不好意思吗？离开小城这么久，以为能在外卖闯出一片天地的我，最后两手空空回来，和对方成为一样的人民教师，殊途同归？

不是这样的。

其实我很感谢我当时的语文老师，她年轻的时候在北京读书，后来毕业回来教书。她经常给我们这些学生讲述她在北京生活的岁月，有次讲到动情处，她说如果人生可以重新来过，她会选择留在那里。是她动人的人生经历打开了我的眼界，让我明白，原来生活还有很多方式。

不知道是不是受了她的感染，我在她梦想的地方待了十几年，但最后还是选择了跟她一样的路。如今的她应该都有孙女或者孙子了吧，再过几年就到退休的年纪。

如果我们真的再次重逢，我们该说些什么呢？

那些别扭，很难用几句言语讲清楚。

4

小城生活节奏虽然缓慢，但时间还是哗啦啦迅速翻过。

是谁说过，年纪大的人感受到的时间会比年纪小的人感受到的时间更快。所以小时候总觉得日子漫长，仿佛一生一世没有尽头。而老人一闭眼一睁眼，时间就迅速过去好几年。

冰冰发信息约我出去喝东西，她发来的地址是新城区的一家奶茶店。几年前，那家奶茶店在大城市遍地开花，而后发展不顺开始转向下沉市场，在我们这样的小城仍然很受欢迎。

我很少去新城区，回来后几乎只在以前常活动的几条老城区街道生活。

今天冰冰没有带小孩，她说："送到他爷爷奶奶那里去了。"紧接着她就开始掏出手机给我看照片，"这个人现在在银行工作，年纪跟你差不多大，有车有房。还有这个，自己开店做生意，不过没读过大学，但长得还挺帅的……"

我笑笑，对冰冰说："聊点别的吧。"

冰冰见我兴趣不大，只好收了手机，把吸管插入奶茶，喝了一大口，似乎想找点什么说的，可又找不到。

于是我们干坐了会儿，我看到一个漂亮的小女孩捧着一大杯奶茶朝我们的方向跑来，在旁边的空位上坐下。

我笑道："这女孩长得真像你小时候。"

冰冰朝那女孩看了眼，脸上露出一丝略带奇怪的笑容："还是做小孩好啊。"

她的眼里亮了亮，但很快那点光又熄了下去。她的手机响了，接起来，一个很大的声音从手机那头传来："你什么时候回来哦！娃儿哭得遭不住！非要见你！"

冰冰放下手机，脸上露出尴尬和纠结的神色，我先帮她开了口："回去吧，孩子重要，我们改天再聚。"

冰冰不好意思地对我道歉："唉，现在有了孩子感觉不带着他哪里也去不了，那我们下次再约。"她收好东西，匆匆离开。

我一个人坐在人来人往的奶茶店里，望向窗外发呆。突然想到在北京的日子，放假没事的时候也会找个小店坐着，但随身带着电脑或书，喝杯饮料的间隙也会想着不要浪费时间，要处理工作或提升自己。现在反而内心坦然地坐在奶茶店里，大口吸着热量极高的奶茶，无所事事地任时间从指缝滑过。

我的手机响了一声，是母亲发来的信息。

她说：你要不要考虑一下徐哥？他家什么都有，你们年纪也差不多……

手里温热的奶茶瞬间凉了下去，我的胃里泛起一阵恶心，更多的是一种无可奈何，连生气和愤怒的心思都懒得生起的无奈。

旁边跟冰冰很像的漂亮小女孩突然对父母哭起来道："我想吃这个粉粉的冰淇淋嘛！"

她的父母则道："你都吃了多少了，再吃就要拉肚子了。"

可是女孩不停，可怜巴巴地揉了揉眼睛，吸吸鼻子："可我就是想要嘛！"

突然想到冰冰的那句"还是做小孩好啊"。做小孩唯一的好处是，可以无畏地说出自己想要的东西吧，哪怕得不到。

5

夏天到来的时候，我还是习惯跟平时一样披着头发，结果脖子窝出了一层汗，于是打算剪掉。

通过手机软件找到一家评价不错的理发店，跟着导航找到后，看见门口贴着一张海报，上面写着：洗剪吹——15 元。

小城里的理发店，通常理发师和老板都是一个人，然后再招两个助手，帮忙洗头。只要手艺好，自然形成口碑和稳定的老客户，不用做什么宣传生意就能发展下去。这大概也是在小城生活的好处吧。

等我推门进去，看到正在给客人剪发的理发师后，先是愣了愣，而后冲对方笑了笑："徐哥。"

对方怔了会儿，才认出我来，然后用略带羞涩的热情问我："做什么项目？"

我洗完头，顶着用毛巾包好的头发坐在椅子上，徐哥帮我吹头发，他为了不冷场，有一搭没一搭地找话和我聊。

我为了不让气氛尴尬，认真地回答他的每个问题，而后通过镜子看到后面墙上挂着的画。

"墙上的画……"

我还没问完，他就立即反应过来，露出不好意思的笑容来："我画着玩的，正好店里需要装饰，自己画的又不要钱，就挂着了。"

看着镜子里有点手足无措的徐哥，我笑了笑，说："很好看。"

他像是受到了莫大的鼓励，眼里一瞬间亮了亮，但嘴上还是说着："我这画也只能挂自己店里了。"

一时之间，我觉得有点惋惜。徐哥是一个才华横溢的人，只是生活在这样一个小城，他连自己有才华这件事都没有机会知道，但这或许是一件值得庆幸的事。

离开的时候，他送了我几张店里的优惠券。

不知怎么的，没几天周围的亲戚就都知道了我去徐哥店里理发的事。

父母也因此试探地询问我："怎么样，徐哥还不错吧？要不你们……"

见我无动于衷，母亲开始生气了，用话激我："你刚毕业那会儿就让你回家当老师，结果在外浪费了十年还不是回来当老师了！你怎么就不信呢！"

你怎么就不信呢！

信什么？信命？相信自己生来就是要成为一个教师？教师当然很好，结婚也很好，但这世上还有非常多的职业，非常多的人生。我没有得到其他的人生，但不代表我选择的人生就毫无意义啊。

伽利略为了捍卫地球围绕太阳转，将自己送上了火刑的柴堆。太阳和地球究竟谁围着谁转，如今这个小学生听了都会嗤之以鼻的问题，却有人为此付出了生命。论及意义，可真是无聊又荒诞。

如果对伽利略说，你怎么就不信你所坚持的真理毫无意义。

我想他仍旧会无畏地走上自己的命运。

你怎么就不信呢！

我不信。

6

我在中学教的科目是语文。

学生们写的作文题目跟我小时候写的那些没多大变化，有次作文课写"我的梦想"，交上来的作文仍是范本一样的"我想成为医生""我想成为老师""我想成为科学家"。

我抱着厚厚一摞的作文本，回到教室，对下面的学生说："今天我们不写作文，就写自己的梦想，不限字数，不限格式，我不会给你们打分，所以你们可以如实地写下自己的想法。"

学生们面面相觑，但很快就拿起笔开始在本子上写东西了。有交头接耳的，有伸长脖子看同桌写的，也有似乎不好意思给别人看到捂着自己的本子和笔的……直到下课，大家陆续把本子交上来，我看到班上成绩最好的学生脸红红的，交上来后似乎有些担心，朝我这边望了一眼，不放心似的。

我问："怎么啦？"

他有点不好意思："老师，这个真的不打分？"

我温和地笑道："是的。"

回到办公室，翻看学生们的作文本，发现大家的脑洞很大，天马行空。有想当星际拾荒者，穿梭在宇宙星辰间捡拾各种垃圾，了解星辰趣事的梦想。有想未来开个超市，这样可以每天吃各种零食的梦想。有想要成为职业电竞选手，拿到世界第一的梦想。有想成为大明星的，这样可以跟帅哥谈恋爱还有很多漂亮衣服穿……

直到看到那个下课时不好意思问我是否打分的学霸的作文，我愣了愣，随后笑了起来。

他写道：我想要离开这个小城去外面的世界看看，去哪里我不知道，但总得出去看看。去看看老师口中的山川湖泊，冰山极光，还有各种形形色色的人。我没有具体的梦想，或许我还没有长大到清楚自己梦想的年纪。但人只要一直生活下去，总会遇到那么一两件想要去做的事吧，想要去做的事就可以称之为梦想吧，我是这样告诉自己的……

只要是想去做的事，就可以称之为梦想，哪怕这件事对他人毫无意义，对自己也没有功利性的帮助。

那天，我趴在办公桌上，又哭又笑。年轻是很好，年轻时候的梦，哪怕是细小平凡的，也是闪闪发光的。可是这不代表年老的人，就失去了做梦的权利。

跟学校的合约满一年后，他们给了我一份五年的续签合约。我想了想，拒绝了。

小城的生活是很好，可我已经回不去了。

离开前夕，我给班上每个学生都买了一份礼物。想当明星的我送了她一份可以报考的影视学校的名单，并总结了每个学校的优劣势和报考指南。想要去星际空间捡垃圾的，我送了他一套《银河系漫游指南》。那个只想要离开小城出去看看的，我想了很久也没想到送他什么，最后经过一家文具店的时候，看到了货架上有一盏地球仪台灯，于是我买下当作给他的礼物。

离开的那天，父母没有来送我，甚至也没有问我要去做什么。

我也不知道我要做什么，但就像那个学生说的，人活这么多年，总会找到一两件自己想要去做的事，那件事呢，就是梦想。

在机场候机的时候，我收到表弟发来的信息。

他说，姐，其实我一直都很敬佩你。虽然你没有结婚也没有赚到大钱，但我就是佩服你，佩服你的勇气和敢于不同。

我深吸了一口气，对着手机屏幕笑了起来。

其实我没有什么勇气，只是我没有勇气选择父母口里的生活。

我们都不可能完美无缺，因为我们仅仅是人而已。

36 岁
去大山禅修的日子

1

新年新气象。

我一个人待在大山深处的禅寺，对着燃烧的蜡烛说："新年快乐。"这感觉有点像在过生日，只差没有许愿吹灭蜡烛了。

门外有呼呼的风声，落着雪。房间里有烤火炉，我把橘子皮搭在上面，没过一会儿，整个房间便充斥在一股橘子皮的味道里，很提神。

寺庙里规定学员晚上十点休息，第二天早上四点起床开始打坐。这是一个长达十天的禅修活动，当初报名的时候，朋友比我还积极，但在她待到第五天时，就实在受不了一个人先离开了。

"我要回归俗世生活了，你继续。"她对我说，"五天后我来接你，请你吃饭。"

于是，我一个人留了下来。准确来说，是和其他学员一起继续剩下的禅修。

来这里的人有男有女，有老有少。有个一头长卷发身材瘦削的小个子女人，看上去年纪跟我差不多大，据说是个神婆，靠线上占卜每个月收入上万，生意好点的时候高达十几万。但从表面上看，非常普通，是走在大街上不会注意到的存在。她比我们所有学员都要更静默，其实我们每个人在打坐的时候都要求不能说话，只有在提问时间才能向带领我们的禅师提问题，但她连问题也没有，或许这种身心灵派对于生活已经没有什么问题了吧。

还有个二十几岁的年轻小男生，因为长期酗酒抽烟，打算通过禅修来戒掉恶习。也有家里老公长期出轨，内心痛苦想要寻求解脱的中年女人。

大家都抱着各自不同的目的来到这里，上交手机，此外，就是禁语。同时，在课程期间需要守五戒：不杀生，不偷盗，不淫，不妄语，不用所有烟酒、毒品。

我是抱着一种逃避或者寻找某个答案来的，连续的十天禅修正好包含了十二月三十一日的跨年，人生第一次在禅寺过新年，倒是挺新奇的。

因为没有手机，也没有时钟，所以时间在这里失去了参考的标准。刚到的时候，看过作息安排表，每天的流程大概是，早上四点起床，去大堂静坐到六点半，然后去吃早餐和休息。早上八点，大家一起在大堂共修，九点到十一点在大堂静坐。十一点到十二点有一个小时的午餐和休息时间，之后一个小时里，学员可以向老师进行提问。下午一点开始又是在大堂静坐和共修，一直到晚上五点有一个小时的晚茶时间。接着继续在大堂共修，晚上七点到八点半有老师来讲课，接着静坐和提问，九点半结束一天的课程，各自回屋休息。

日复一日，晨钟暮鼓。不奇怪为什么有人来这里只待了两三天，就急不可耐地要离去。

这座禅寺小有名气，在我原本住的地方的邻近城市，朋友在网上无意搜索到，然后发送给我，问我要不要一起去试试。

我当时也没有其他事，看了看介绍便答应了。

禅寺地处深山，送我们去的一个当地师傅说，这几年来这里的游客还挺多，让他们跑车的人也赚了不少钱。

唐宋建筑风格的禅寺，放眼望去，满眼翠绿，茂林修竹，环境清幽。看到的第一眼，我想到中学时背过的一首古诗："清晨入古寺，初日照高林。曲径通幽处，禅房花木深。山光悦鸟性，潭影空人心。万籁此俱寂，惟余钟磬音。"

万籁此俱寂，惟余钟磬音。

寺院里传出的幽幽钟声，让人的心缓缓沉静下来，比我听过的任何音乐都更加悦耳。

朋友说："别说，有点那味儿了。"

不过我们的聊天没持续多久，就被禅寺的师兄要求禁语。

2

要说这里最让人惊喜的东西，大概是斋饭吧。

糯糯的五谷饭，用大米、糯米、红豆、绿豆，还有花生一起煮熟，只放盐进去，但吃起来软软糯糯，有粮食本身的味道，格外可口。斋菜每餐有五样，学员自主挑选，但要求盘中的餐食必须一粒米不剩。导致第一天的第一顿午饭，我差点没给撑死。

禅寺规定过午不食，傍晚有一次晚茶时间，除了茶水还有一些果脯和寺院自己做的粗粮饼干，分量很小，每人最多分得两块饼干和一小把果脯，聊以慰藉自己的胃。

晚茶的地点在一处凉亭，老师带我们过去，大家席地而坐。

凉亭外是一溪河水，正好下起了小雨，淅淅沥沥的雨水从屋檐上串成珠子落下，原本平静的河面泛起涟漪，像有人以雨水做弦，以自然作乐，为我们这一行人演奏了一首曲子。大家的心情都瞬间好了起来，还有学员站在凉亭边伸手去接雨滴，像小孩子一样跟雨水玩闹。

老师拿出茶具，专心地洗茶、泡茶，仿佛天地之间的一切都不存在似的，唯有眼前的一茶一具。

坐得离我最近的是那个神婆，她盘着腿，闭上了眼睛，似乎是在专心地听落雨声。因为大家不能说话，四周显得格外静谧，除了清脆的雨声，只剩下面前茶水倒入杯子里的声音。

而后，大家拿过面前的茶杯开始喝茶。接着，继续沉默。

雨声渐渐小了，没过一会儿，雨渐渐停了，黄昏时天边甚至还出现了一道落霞。

不记得是谁说过，黄昏是世界之间的裂痕。在白日与夜晚的交界处，是一天最特别的时段。我想，身边的神婆对此肯定有很多了解，可惜大家都不能说话，我看了她一眼，发现她仍旧闭着眼，仿佛身心已经进入了另一个时空。

这样的静默，对我而言其实不太陌生。

我今年三十六岁，一个人独居了十几年。我比同龄人幸运的是，我在二十几岁的时候就凭借自己的能力赚到了买房子的钱，很早拥有了自己的房子。最开始住的是一室一厅的小公寓，接着换了六十平方米的两居室，前几年我搬进了三室两厅的新房子，房子很大，我让设计师设计的时候把所有空间全部打通，因为没有其他家庭成员，所以不必划分得特别仔细，房间里全是我自己的东西，没有别的事物。

家里放着我从世界各地搜罗回来的东西，都不是什么值钱的玩意儿，比如我从埃及买回来的一个摆件，回来后才发现是从义乌小商品市场批发出去的，兜兜转转了一大圈又被我给大老远带了回来，所以说世界果真是个圈啊。我有轻微的囤积癖，去一个地方总想带点什么东西离开，仿佛才能证明我曾经在那里存在过。

刚满三十岁的时候，和身边未婚的朋友曾经讨论过等年纪大了搬到一起住的想法，三四个朋友一起出钱买一栋别墅，大家住在一起互相有个照应挺好的，但后来不了了之。当初参与这个提案的人，有的结婚了，有的发现还是一个人住好，有的则因为生活习惯无法和其他人磨合，于是大家还是住在原来的房子里，不定期出来聚聚。

其实年纪越大，反而更想一个人待着。我们从小生活在集体里，小时候和父母住，稍大一点跟同学住，再然后是跟合租的室友，之后就是和恋人或结婚对象。有些人一生都没有机会和自己单独相处，所以我觉得有段时间能够一个人生活，其实是难能可贵的时光。

虽然跟朋友在一起喝酒聊天很开心，谈恋爱的时候也很快乐，但只有独处的时候，去探究和发现的生活，才能让我感到活着。

3

但一个人生活久了，常常会有孤独得要死的时候。

有段时间没有工作，一开始觉得开心，仿佛拥有了无限的自由。但很快这种自由就变成了束缚，下午一个人在床上醒来，拉开窗帘，望着外面天光大亮的世界，有瞬间觉得自己跟这个社会隔离开了，好像不再从属于这个世界。人一旦拥有了从前没有体会过的自由，其实惶恐是大于快乐的。

不被打扰和没有关心的生活，很容易变得乏味。想要生活保持生机，就必须强迫自己去遵循某种常规，比如规律地吃饭，在凌晨来临前洗澡睡觉。对，就是自律。可是自律这个词，像是对自由的某种讽刺，说到底，任何事情一旦变得极端，就会无可避免地坠入荒诞，所以只能保持一种平衡，所有的平衡只能由你自己去把控。

在这样的孤独中，我开始一个人自言自语。比如电影演到高潮时，我会突然对着空气说："其实这个高潮还可以再推迟点，前面铺垫得还不够。"

发现窗外的天气开始变坏，我便自言自语道："要下雨了，该收衣服了。"像弹幕从自己脑子里闪过，有时我自己都没察觉。

不知不觉养成了自说自话的习惯，以至于有次出门和朋友悦悦吃饭，我看着端上来的牛排，突然小声嘀咕道："这牛排煎得真好，只是摆盘用的花看上去不太新鲜。"

"你说什么？"悦悦突然睁大了眼，一脸奇怪地盯着我，"你说话怎么这么小声？"

我才意识到刚才的声音，不是我脑海里想的，而是说了出来。

我告诉悦悦这件事，她笑道："你也该考虑找个人一起生活了，不然一个人会被闷死吧，连说话都没有人陪。"

其实在二十八岁后的某天，我才突然意识到自己已经单身了好几年，而这期间虽然也有认识新的异性，但完全是当成朋友或者发展成客户对待，没有任何的暧昧和多余的期待。就是说，从人生的某个时刻开始，爱情在我生活里的比重变得微乎其微。不再像二十出头时整日想着恋爱，看见稍微合眼的男生就会第一时间试探对方是否单身。

如果说生活是一幕舞台剧，那么爱情这个角色已经悄然退幕，它没有完全消失，只是躲在幕布后面，如果我不刻意去想这件事，根本无从察觉。

恋爱很美好，但不恋爱的生活仍旧如此过。

悦悦和她前夫的婚姻，曾经是我们所有朋友之间的模板。他们学生时代相识，精神三观高度契合，毕业后没多久就在一起，谈恋爱谈了很多年，身边朋友的恋爱来来去去，新人旧人换了几波，他们仍旧在一起，而且有共同努力的目标，最后结婚，一个很小的婚礼，邀请了最好的朋友和亲人，大家喝醉了抱在一起哭。婚姻维持了五年，然后有天悦悦说他们正在协议离婚。

"我们对未来有了不同的想法。"悦悦说，"因为无法调和，只能离婚。他得去追求他的生活，我也得去过我自己的生活。"

他们离婚那天跟结婚一样，邀请了共同的朋友。他们身上没有伤感的情绪，好像这只是非常普通的一餐，反而是我们这些"观众"在电影结束时久久不肯散场，还期待着落幕之前能有一个彩蛋。

我以为是悦悦洒脱，但聚会散场后，我看见她一个人躲在角落哭。

伤心是难免的，因为这是人性。

现在他们各自生活得很好，不是跟结婚时相比，只是单纯从生活这个维度来看。他们身上令人钦佩的品质是，无论是结婚还是离婚，都有能力经营好生活本身。因为他们对于生活有着清晰可见的目标，所以即使有难过和痛苦，也可以在整理行囊后再次奔赴旅途，这是我身上没有的。

4

其实从小到大，我对生活几乎没有任何疑问。我觉得人天然地要寻找到一个崇高的目标和意义，比如我认为哲学家比木匠更有价值。

可妈妈对我说："木匠和哲学家同样重要。"

我不解："可木匠是随时可以被替代的职业，但哲学家无可替代，甚至稀有。职业不分高低贵贱，可大家还是天然地更想成为能够创造更大价值的人。"

妈妈一时语塞，我知道她不希望我成为一个把人分为三六九等的人。

就像有人说，"玫瑰花瓣、里程碑、人类的双手和爱情、欲望或万有引力，它们同等重要。"

可玫瑰花瓣和人类的双手只能二选一，一百个人里面有多少人会选择玫瑰花瓣？

理想和现实的差距，这就是荒诞。

毕业后，我自然选择了从世俗意义看来，能够创造更大价值的职业，投身于金融行业。因为运气好，工作没几年，我就赚到了同龄人望尘莫及的钱。当时我一直的梦想是希望自己可以买个房子，这样就能有不被打扰的私人空间。然后在事业上可以升职加薪，赚到更多的钱，拥有令大家羡慕的头衔。就这样一直生活到三十三岁，有天我从床上醒来，看了眼时间，一个想法突然从我脑子里冒了出来：我的人生就这样了吗？

我以为我买下房子，或者争取到心目中的职位时，就能获得我理想中的生活。但那些目标一旦实现，就会发现生活其实仍旧只是那样。

我以前以为自己会不一样，以为自己有目标有意义。但显而易见的，这是一种自恋。

那种感觉就像电影《楚门的世界》里的主角，当发现生活里某些逻辑无法自洽后，布景就开始坍塌。生活不能再是每天和邻居打过招呼，穿过固定的几条街区，去公司工作八个小时，和朋友吃饭聊天，或者回家睡觉。

辞去工作后，我尝试过很多事情，咖啡、花艺、木匠。我家附近的商场开了一家木工体验室，可以进去体验木工。在敲敲打打的那几个小时，我发现心真的平静了下来。但这种平静跟我认真工作的忘我状态也没什么不同，只是让人暂时停止思考，短暂地失去"意识"，进入某些专家所说的心流状态。可那不也是另一种形式的逃避吗？

好像做什么都可以，又好像什么都不行。

朋友就是这个时候，发来禅修活动的网页来。

我没有宗教信仰，但或许苦行可以解决我的困惑。

有天的禅修提问时间，有人问老师："我们如何才能过上想要的生活？"

老师问提问的学员："你觉得想要的生活是什么样呢？"

人到了一定年纪，大概所有的问题都会浓缩成一个问题，那就是该如何生活？

学员说："我尝试过很多生活，但最后发现都那么回事，无论再怎么喜欢一种生活方式都有穷尽的时候，可看看身边人不照样几十年如一日地生活，他们好像没有任何疑问，所以有时我会想是不是我的问题。"

老师的回答似是而非："如果你寻求它，你永远都不会发现它。你理解这个回答吗？如果你追求它，你永远都不会找到它。如果你的意图在于看到大地之美，看到水面上的波光，看到山峰的完美曲线，如果你希望通过'看'来发现那个，那么，你永远都不会发现它。"

这大概是所有类似问题的相同答案，那就是没有答案。

第四天的时候，大家仍旧在大堂静坐。没人说话，没人知道具体的答案。

突然，一个中年男人站起了身，他看上去神情焦灼。

"我要走了。"他发起火来，"我感觉我在浪费时间，不能看手机不能说话，什么都不能做。我需要手机和电脑，我需要工作，我不能浪费时间。"

禅寺里的人没有拦着他，劝告了几句无果后，就帮他办理了离开的手续。

我想他之所以来这里，大概是为了寻找内心的平静。每一个被工作压榨掉所有时间的人，都会不时冒出一个念头：我这是在干什么？我要一辈子都献给工作了吗？

于是开始焦虑，但焦虑的结果往往得不到回答，只能被另一件事暂时替代过去。他是来寻找答案的，来这里的人有一半都是来寻找答案的，只是每个人的问题不一样。

中年男人看上去很崩溃，大概憋了好几天不能说话，于是不管不顾地继续道："我朋友跟我说来禅修有用，可我觉得除了浪费时间，我毫无收获，不就是坐着吗，去哪里不是坐，为什么要在这里坐着？"

对于我们这些从小就是做题家的人来说，似乎凡事都应该有个答案。所以，生活最好的方式应该也有个答案吧。

是朝九晚五五险一金结婚生子？是浪迹天涯轰轰烈烈传奇一生？是矢志不渝专心致志一辈子只做一件事？是选择及时行乐今朝有酒今朝醉？是相信一辈子爱一个并不爱自己的人最终就能换来浪子回头？

那个中年男人想要的只是一个类似的答案。

就像我们曾经都以为最好的爱情就是结婚，然后一生一世在一起。后来悦悦的婚姻经历却让我觉得，或许最好的婚姻是可以拥有离婚的能力。就算万事万物真的有答案，但往往跟你所期待的那个完全不是一回事。

我们期待一个答案，就像我们喜欢被另一个人占有。一直以来，我们都下意识地喜欢属于某个人，属于某个团体，当所有人都穿黑色的衣服时，作为个人也只有穿上黑色才能感到安全，如果换上一身白色，心里会自然升起恐惧。于是我们得出结论：穿黑色衣服，是一种正直的生活。

5

禅修进行到第七天的时候，我感觉自己的身体变得格外轻盈，大概是吃得太少，一开始总是很饿，后来习惯了过午不食，觉得所谓的苦行倒也不苦了。

休息时间，我喜欢一个人坐在禅寺走道里的椅子上。有时烧香祈祷的游客会经过我，用好奇的眼神看我一眼，然后又默默走开。我坐在那里，看着穿梭来往的行人，有种我亦是行人的感受。

晚茶时间的粗粮饼干，如果不是太饿我会留下来，等一天的禅修完全结束，回到房间再拿出来，坐在烤火炉边，一点一点慢慢吃。空无一人时，连味觉的感受都能被放大，真是奇妙。

新年的前一天晚上，禅寺虽然没有跨年活动，但给每个学员都发了一个黄澄澄的橘子，寓意"大吉大利"。橘子很甜，也有可能是太长一段时间没有吃过糖，一点点甜都能让人觉得美好得想要落泪。

我们的生活，总是需要对比才能感受到幸福与否。

最后一天的禅修，大家都显得有些亢奋，虽然仍旧禁止说话，但每个人的神情都十分愉悦。仿佛一群登山者马上就要登上山顶，赢得胜利。

最后一天的课程跟以往并没有什么不同，但是因为有了马上就要离开的期限，一切都显得珍贵起来。中午再去食堂吃斋饭，每个人都格外珍视，大家怀着可能再也不会回来的心情，在心里跟每样东西做着道别。

下午结束最后的打坐，大家起身回屋收拾行李。我在走廊上遇到了神婆，她东西很少，迅速地收好准备离开。这是十天以来，我终于有机会和她打招呼。

她回我一个微笑。

我们去到凉亭坐下聊天，她讲她给人占卜的趣事。

"这几年最大的变化大概是来问感情的女生越来越少，更多的女生都是来占卜财运和事业的。"神婆说，"但本质上，她们从前期待一份可靠的爱情接住自己，现在她们期待一份事业接住自己。后者确实比前者更可靠，实际上，她们想要问的是，她们什么时候才可以获得幸福，不过把幸福的筹码从爱情换成了财富和事业。"

我笑了笑："不也挺好的吗，女性至少不再只被两性关系推着走了。"

她用一种极轻的语气说："任何形式的执念，都是束缚本身。"转而她问我，"你觉得禅修解答了你的困惑吗？"

我摇了摇头："但是内心平静了许多。"

"嗯。"

接下来，我们又坐了一会儿，谁都没再说话。很奇怪，我竟然没找她给我占卜。

我们可以花费几十年去寻找一个真理，一旦你认定了某个真理，那个真理必将引导你的一生。但真理本身，或许只是我们的记忆、我们的欲望，是我们想要在现状之外发现某种东西的意图或某个准则的投射。

我不知道那个想要戒掉烟酒的年轻男孩，和想要通过禅修摆脱婚姻里的痛苦的女人，他们最终如愿了没。如同神婆说的，任何形式的执念都是束缚，关键看你愿意选择什么羁绊。

苦行也好，寻欢作乐也罢。就像长期跑步的人，即使再怎么保护膝盖，他们的膝盖也会受损。不跑步，久坐，膝盖仍会受损。所以，"适度"是重要的。

来禅寺祈福的善男信女，无法通过崇拜找到答案，他们只是把欲望施加在了神灵身上。

再过几年，禅修可能会成为一种生活潮流，就像之前的断舍离、辟谷。任何东西成为流行，就只是一种把戏。牺牲、崇拜、冥想、美德，一旦成为形式，都是妄念，它们并不是实现幸福和欲望的途径。

6

朋友接我下山，我们去最近的购物中心吃饭。

"吃什么？"她问我。

我看了看导示图，说："烤肉吧。"

我们坐下，我迫不及待点了自己最喜欢的五花肉和肥牛，全是肉，我一点也不想再吃素菜。

"我还是佩服你，可以待满十天。"

我笑了："去都去了，就当一次体验。"

"所以有什么收获呢？了悟到真理了没？"她开玩笑道。

　　我说："我想除了数学公式是宇宙永恒的真理外，其他的都值得商榷。"我开始烤牛肉，"我们不过在用一套理论去替代另一套理论，就像二战时期为了促进生产从而宣扬的女权主义，鼓励女性抽烟、工作，因为男人都在前线打仗呢。任何真理的出现，都有一个不太美好的缘由。"

　　朋友笑了："就像卖包包的导购总是让我买个包包爱自己，可爱自己和买包包之间并无关系。"

　　我们俩一起笑了起来。

　　服务员为我们端上生啤，啤酒上面打了一层绵密的泡沫，我端起喝了一大口："真爽。"再夹起一块烤熟的牛肉，喂进嘴里，大口酒大口肉，让我的身体迅速重新回到了地面。

　　"这才是生活啊。"我感慨道，其实脑子里对生活仍没有具体的答案。

　　或许五十岁，六十岁，我们仍旧无力改变自己，无法探寻到一个满意的答案。拥抱当下，不寄希望于空渺的事物，活着本身，就是一种反抗，一种回答。

27 岁
虽然开店失败
但并不可耻

1

谁的梦想清单里还没个"想开一家小店"呢?

2

和男友在一家小餐馆吃完饭,他送我去公交车站等车。我查了下公交软件,发现自己乘坐的公交车距离到达还有三分钟。

男友牵着我的手,低头看我,犹豫道:"我觉得你可以再考虑一下。"

今天天气有些阴沉,好像要下雨了。我抬头看向他,说:"我还是决定辞职,好不容易的机会我不想错过,如果失败了大不了之后再回去上班。"

男友轻轻叹了口气,摸了摸我的头,看向前方:"你的车来了。"

上了车，我往后排座位走去，看了眼窗外，想跟男友挥手道别，结果他已经转身往相反的方向走了。

目前的工作是一家广告公司的文案策划，但我想辞职的念头已经产生很久了。工作了四五年，对工作这件事产生了一种本能的厌倦，一直想要开家小店，就算赚得不多，至少可以不用每天被甲方折磨得像个孙子。可惜我存款不多，没想到前不久之前的高中同学找到我，问我有没有兴趣考虑开家日式烤肉店，前期工作都准备得差不多了，她一个人出了一大部分钱，但因为一个人单干没有什么底气，想要找个人入伙。我算了算，我的钱刚好够投资当一个小股东，而且两个人合伙开店，损失也会小一点，虽然我们两个都没有任何的餐饮经验，但就是觉得肯定会比一个人开店好。

很快，我辞了职，开始准备开店的事情。

好巧不巧，我们最后选中的开店地址离我男友家的小区很近，走路十分钟就能到，是他家附近的一个新商场。

同学开玩笑道："那以后你们每天都可以见面了。"

之前我生活和工作的地方都离男友家很远，我们一周只见一次面，这样想想好像爱情和事业都有转好的兆头，隐隐觉得或许老天爷开始垂怜我了。

因为是加盟店，所以前期需要先去总店学习。而在我离开之前，男友给我发信息提出了分手。

我诧异，问他："为什么？"

"我们不合适，继续下去也是耽误你。"一副为我好的样子。

虽然我们并没交往多久，但还是没想到会分手分得如此突然。我不是善于挽留他人的人，说了一些自己的想法，答应了他分手后就没再回复了。第二天一早，他已经将我删除了好友。

到了总店，本来以为自己只用"学习"，看别的服务生怎么操作就行，熟悉流程就好，结果总店提出要我跟他们一起每天按时上班，而且我还一天假期都没有。就这样在端盘子、烤肉、刷网、打扫卫生，烧炭里度过了一个月，每天长达十小时的工作时间，我的身体已经养成了惯性动作，看见出菜口有菜就自然走过去，见烤网上的肉色变白，就用烤夹帮客人翻面，做这些的时候脑子里几乎不用去想，一切都成为下意识的动作。在这样的忙碌中，我压根没有心思去思考失恋。

以前下班回家，总会花很长的时间刷手机和网页，哪怕没有意思也舍不得放下。在烤肉店工作的日子，每天回到住的地方，立即去洗澡，然后倒头就睡，日复一日，让我想到了每天推石头上山的西西弗斯，无论这一天把事情做得有多么好，第二天又会全部从头来过。

虽然累，但整体是开心的。在烤肉店工作的员工大多比我小五六岁，还有刚满十八岁的弟弟妹妹，稚气的脸上总是笑意盈盈。每天中午吃饭，都会特地跑来叫我，店长买奶茶也会帮忙多叫一份，午休的时候，趴在客人坐的椅子上睡觉，给我看喜欢的明星和视频，其乐融融，彼此不设防的氛围让我觉得日子简单又快乐。店里有好几对小情侣，就像校园恋爱似的，上班的时候大家都要忙着工作，休息时就腻歪在一起，还有小女生来咨询我恋爱的烦恼，青涩的恋爱问题，我反倒给不了什么意见，只能说享受当下。二十岁左右的恋爱，至少在我这个大姐姐眼里，都是用来日后缅怀的。

在总店待了一个月，每个流程都干得滚瓜烂熟后，我就回了家。在家里待的那几天，父母对我的变化感到意外，因为平时我在家里连地都懒得扫一下，突然开始洗碗拖地，感觉去的不是烤肉店，而是什么社会改造机构。只用一个月，就还给他们一个勤劳的孩子。

3

烤肉店装好后，我们跟施工方大吵了一架。因为在核算总额的时候，发现他们私下克扣了不少钱，而且还故意把一些材料换成劣质的。不过，这只是所有麻烦的开始。

接着是商场总把他们的广告牌放在我们店前面，挡住我们的招牌，沟通了好几次无果后，我们便自己把广告牌搬走了，商场找来，自然又是一番唇枪舌剑。而且第一次当老板，发现管理员工原来这么难，突然想对之前公司的领导说句"对不起，让您费心了"。员工的伙食费该怎么制定，上班时间、休息时间、绩效，给他们找宿舍，宿舍里又该怎么管理，跟房东的沟通，怎么给客人开发票等，一系列事情纷至沓来，而且全然陌生。

前期因为员工都是新手，有些甚至还没有任何餐饮经验，有三四个人是互相推荐的朋友。我们没舍得花钱在招聘上，都是发的免费广告，几乎来面试的人我们都给留了下来，后面发生的事证明这笔钱真的不能省。所以最开始我和同学两人要手把手教他们怎么迎客，怎么带客人去到座位，怎么点餐，怎么上菜烤肉和收盘。

终于，新店好不容易可以开张了，比我们预计得晚了一两个月，但是令我们没想到的是店里的员工居然集体辞职了。原因是工作量的分配，他们觉得工作任务重，加上我们在培训他们的时候太过严厉，员工都是十八九岁的年轻人，脾气冲，加上他们关系本就好，互相撺掇着一言不合就全部走了。即使我们在招他们进来的时候，强调过辞职要提前一周。

我和同学傻了眼，好在一开始客人并不多，于是自己顶上做。然后找招聘网的人联系，交了年费开始疯狂招人。招聘的第一点要求，绝对不招有朋友关系的员工同时进来。

经过一个多月的努力，店里的生意渐渐稳定下来，开始有了盈利。为了省钱，我们仍留在店里，负责接待客人、收银、开发票，还有一些琐事。每天下班都是晚上十一二点，关了店门，我们两人慢慢往回走。

商场里的大多商家到晚上十点基本都关门了，但因为露天平台有几家酒吧，所以并不会显得太冷清。经过的时候，还能听到店里传出来的弹唱声，驻唱歌手抱着吉他，下面的客人喝酒聊天，和白天热闹的商场相比，此时是另一种氛围。

很快，我们就慢慢跟商场的其他商户熟络起来，彼此去对方店里消费还会相应打折。有时候也会帮忙向其他客人宣传，大家互惠互利。

　　有时客人不多，提早下班，我和同学两个人就随便找张空位喝店里的啤酒，一两个跟我们混熟的员工也会过来一起聊天。其中一个小男生只有十九岁，五年制大专毕业，之前在拉面店干过半年，梦想是自己未来可以开家日料店，所以来了我们店里当后厨学徒。同学觉得他很有梦想，当时看中的也是这点。

　　一杯日本生啤下肚，我们都微醺起来，不由得怀着伤感的情绪感慨开店以来的种种遭遇，感觉每天都跟打仗似的，遇到不讲理的客人比甲方难处理多了，有的时候甚至有点按捺不住想要数落客人，但实在不忍心线上的店铺评论再多一个差评。

　　说来也好笑，最开始在线上开通点评功能，每天收到的评价都会一一回复，遇到评价稍微不好的，我们能因此难受好几天，想着哪里要做调整，但渐渐客人多了，评价也越来越多，便无心再去管理那些评论，遇到好评也懒得再回复。有些商家会努力去处理差评，给客户打电话提供优惠券或者免单，让他们删除评论。

　　"这不是纵容他们吗？"同学气愤道，"此歪风不可长。"所以我们一条差评也没删掉。

　　后来认识了在另一家商场开烤肉店的一对夫妻，我们有空闲就去串门，或者他们有空闲的时候上我们这里喝两杯。他们的人均价格比我们高许多，所以到我们店里消费属于消费降级，而且他们店的差评比我们更多，大多都是"贵，分量少"。

"山猪儿吃不来细糠。"这是老板最多的评价，"我们的食材那么好，懂的客人都是找我们私人定制，这些商圈的白领品位不行，适合来你们店里。"

我们说："是是是，以后凡是差评客户，都让他们转道来我们店。"

这算是开店有意思的地方，总是能认识不同的人，有好玩有趣的，也有完全鸡同鸭讲的，凡是能喝上两杯聊聊天的，对我们来说都算朋友。

有段时间，我们几乎每天都去楼下的精酿啤酒吧。店里的薯角好吃，一杯450毫升的啤酒，配上热乎乎的薯角，身体的疲惫瞬间被驱散了。然后拿出电脑和手机，开始算账。

我们在店附近租了一间房子，每天走路上下班，好巧不巧的是，对面小区就是前男友的家。每次早上经过的时候，我都会不自觉朝他家小区门口看两眼，想到以前每次去他家，他都会从这个大门把我送出来。还记得分手前最后在他家里玩的游戏是《分手厨房》，这游戏真是名副其实。

我幻想过我们再次相遇的情景。某天在路上突然相遇，或者他和朋友来烤肉店吃饭，我们会打招呼吗？或者该以何种方式开口？

不过上天给了我另一个选项，那就是我们一次都没有遇见过，从来没有。

即使相邻如此近，两个人只要没有联系，见面的概率也可以为零。所以人海茫茫能够相识，大概是一种神迹。

4

记得客人还不多的那段时间，有个男生经常到我们店里一个人吃烤肉。他说自己在附近的产业园区上班，因为公司食堂饭菜过于难吃，所以经常来这边商场开开小灶。

他说他叫越越，比我们小四岁，刚毕业出来上班，但我们都说实在看不出来你这么年轻。

混熟以后，才发现他跟这个商场的许多店的老板都很熟，都是靠一口一口吃出来的感情。我和同学也是某天下班，打算去新开的酒吧喝一杯，发现他也在酒吧里并且和老板非常熟络后才知道这个事情的，从那以后我们都私下称他为商圈交际花。

也因为他的关系，我们抛弃了精酿啤酒吧，成为新开酒吧的常客，实际上越越也只是一个客人，但我们时常在此碰头，不久酒吧老板也和我们混熟，不时带着朋友去我们店里吃烤肉，互相照顾生意，还联动做了一些优惠券和活动，虽然效果不佳。

我感到我和同学两个人好像回到了校园时光，每天差不多的时间起床，去店里看店，一天结束后会在店里喝啤酒，或者去酒吧坐坐，然后和认识不久的人聊天，并迅速混熟。都说成年人的友谊很难，可我们却正儿八经交到了许多新朋友。

"以后你们再开新店找我啊，可以给你们省下不少钱呢。"一个家里做建材装饰的人说。

"我开打印店的，广告招牌灯箱宣传单都可以做，你们来肯定打折。"一个开打印店的人说。

"你们店里的碳不行啊，我把我店里送碳的师傅介绍给你们，你们看看要不要。"一个开新疆餐馆的人说。

······

以前我所在的公司岗位，虽然也会接触到各种各样的甲方，但每天都跟打仗似的，除了工作根本不会聊其他的事情。而现在因为开了店，突然认识了许多各行各业的人，这种新鲜感是从来没有过的。

我和同学说，有时候就像做梦一样。

同学感慨说，是啊，就像做梦。

人和人之间这种特别亲密又羞怯的友谊，大概因为人们知晓它的易逝而变得特别珍贵。这些新认识的人像排好队似的陆陆续续走进我们的生活，可我很清楚那是因为这家店的关系，如果有天我们离开了这个商圈，这些人也会跟着消失。

明明才没过几个月，却仿佛过去了大半生，我的生活轨迹已经跟过去完全不一样了。有次晚上下楼去小区外的便利店买东西，看到对面前男友的小区门口亮着灯，脑子里瞬间闪过一个念头：此时的他在做什么呢？

前男友在刚认识我的时候，刚辞了以前的工作准备进入银行的考试。其实他刚毕业的时候就在银行实习，也上过一年多的班，可后来辞职去了私企，最后发现还是回银行更好。

"之前同期的同事都已经在做经理了，没想到我又要从柜员做起。"他有点丧气道，"但至少在银行我知道我可以做到什么样子，在外面的企业上班感觉自己什么都不是。"

我安慰他说："刚毕业出来工作，都是这样的。"

他开着车，没有说话。

我们共同的朋友在新店开张时，帮我发过朋友圈宣传。他是不知道我的店就开在这附近，所以一次都没有来过吗？还是来过只是我刚好不在？或许更简单的答案就是，他不想来。

换个问法，他为什么要来呢？提出分手的是他，来前女友店里这个行为显然不符合逻辑。

想到第一次见面，我们约在咖啡馆。他进来之前发了信息给我，而后我看见一个穿着牛仔上衣，耳朵里塞着白色蓝牙耳机的男生经过我面前，他在往里走，之前我们互相看过彼此的照片，但是他跟照片上的人不太像，可我还是一眼认出了他，下意识地觉得就是这个人。

想到这里的同时，他也转过头来正好看见了我，他笑着用口型问我："是你吗？"

我也笑了，摇头。

他笑得弧度更大了，并且走了过来："就是你。"

对第一次见面的场景，我仍记忆犹新，还记得他身上香水的味道，记得他牛仔外套里穿的 T 恤。

交往一段时间后，我问他："你喜欢我什么呢？"

他回答："长得漂亮。"

"没有其他的了？"

"没有了。"

人就是这样啊，我努力保持身材认真打扮自己，可当得知对方喜欢的只是漂亮这一个选项，再没有别的原因时又会觉得失落。总觉得还有什么可以让感情变得更长久的原因吧，不会轻易被时间打败的那种。

年轻时，我们总是不自觉地向他人索要能力范围之外的东西，可一个人喜欢你的原因，其实并不重要。

5

越越和我同学交往后，第一个告诉了我，但说实话我有点惊讶。没想到同学会喜欢比自己小的男生，因为她以前坚决不谈姐弟恋。

酒吧里，越越从吧台拿了两杯酒过来，一杯干马天尼、一杯冥府之路，递给我和同学。同学的脸在暖色的桌灯下看上去像一幅油画，她接过干马天尼喝了口，神色懒洋洋的，仿佛走在田野上，只有走在田野上的人才会露出那种对什么都没有目的的神情。我们在一起从不谈未来，即使我们快要三十岁，也不清楚两年后、三年后会发生什么。永恒的是变化，可大多数人更喜欢确定。

"你同学家里这么有钱，你不能跟她比。"母亲总是这样忠告我，"她没有收入还有家里支撑，你没有收入我可帮不了你。"

还在一起的时候，前男友总是喜欢问我，你规划过你的未来吗？

每次去他家，他都会做饭给我吃，煎牛排，或者加热昨天的剩菜，有时候是从银行食堂里打包带回来的，这样省事不用再从头去做菜。一切都是半成品。我们吃完饭后并排坐在沙发上打游戏，然后上床做爱。这几乎是我们约会的所有流程。

我们光着身子躺在床上，他问我："你对未来有什么想法？"

我盯着天花板上的灯盏，眨了眨眼："感觉有很多想要去做的事，但有时又会感觉什么都做不了。"

他开始讲自己计划的未来，他想要在四十岁之前当上银行行长，三十岁之前结婚，然后有时间去尝试各种有趣的游戏，比如潜水、驾驶飞机、滑雪，因为除了工作，其余的都是玩乐。

我突然不知道说什么了，因为我没有那种要在多少岁之前就怎么样的梦想。

而后他起身，走进浴室开始洗澡。

我们一天的约会结束，他送我离开。

从春天到冬天，我们身上变多的衣服，好像把原本靠近的心也隔开了。

还是公交站台，他等我乘坐的那班车过来。马路上行驶过许多汽车，大多都是白色或者黑色，偶尔一辆玫红色的车子开过，总是会吸引站台上等车人的视线。不知道他们心里在想什么，我想的是以后如果我买车会把它刷成什么颜色。

寒冷的风吹过站台，发出呜呜的声音。前男友把双手放在兜里，眼睛不知看向何处，我们沉默着，彼此都知道有些事情已经不一样了。

分手后，我和前男友的共同朋友倒是经常来店里吃饭。

"肉好吃，就是地方远了点。"

我说："等以后有钱了去你家附近开家店好了。"有这样的想法，手里却并没有再开店的资金。

不知是有意还是无意，他突然提到了前男友："感觉他最近不太顺心吧，银行业务压力挺大的。"

我沉默着为他烤肉，然后抬起头笑了笑："喝酒吗？我们店里新上的威士忌调酒还不错。"

店里客人的声音混杂着抽烟机嗡嗡的声音，显得嘈杂混乱。有客人喝醉了跌跌撞撞走在过道上，我认出是店里的常客，放下烤肉夹，找了一个服务员帮忙一起过去搀扶。

"你们家的肉真好吃。"客人呼出带着酒味的气息，脸色潮红，"要不是今年我生意亏了，肯定投资你们。"

我笑笑，悄悄揉了揉因为烤肉发酸的手腕。

以前想要开店是因为幻想它能带来足够的自由和金钱，可当每天置身于此处，除了衣服和头发上烤肉的味道是永恒的，其他都是未知和变化。我们谁不努力呢，人类为了生存和爱而设定的各种规则之间，其实并没有界限，所有人都因为同样的焦虑而混淆难辨。

6

越越和同学在一起后，我们聚在一起喝酒吃饭的时间更多了。有时我喝多了，他们会为我在商场的酒店开一间房，吃饭大多数也是他们付钱。万圣节那天，之前那个想要未来开日料店的男孩提出了辞职，他说他想要再回去读书，其实我们都知道，他是去了另一家日料店，但我们没有说破，晚上约了几个老员工给他办欢送会，所有人都喝了不少，去老地方开了一间套房，大家横七竖八睡在里面，没过一会儿不知是谁把我们一个一个推醒，找了副扑克牌，说一起斗地主。

于是有人睡觉，有人打牌。

我实在熬不住了，昏昏沉沉睡了两个小时，再睁开眼睛发现他们还在打牌，而外面天光开始亮了起来。

我走出去，寒风吹进我的脖子里，而我没有穿自己的羽绒外套。回过身，我隔着一墙的玻璃看见他们生动的脸。我拿起手机，对着他们喊道："一起拍张照吧。"

同学过来用胳膊搂住我的脖子，笑着说："明年我们还要一起过万圣节！"

烤肉店的生意稳定下来，我因为投资的金额占比小，能拿到的钱并不能维持我的生活。同学为我想了很多解决办法，但最后我还是提出退出管理的请求，店里已经招到新的店长，招聘网站可以为我们提供源源不断的员工资源。我想我可以离开了。

回到家那天，母亲非常不满，觉得我浪费了一年多的时间，当初信誓旦旦要开店要创业，结果一事无成又滚了回去，一边数落我一边去厨房给我煮饭。

我躺在自己熟悉的床上，望着天花板上的一块污渍，闭上眼睛想要看见我的未来。

　　我没有休息几天，就重新找了新的工作，还是广告行业的文案策划，但换了一家新的公司。新公司里不提倡加班也不提倡跪着给甲方改稿，虽然薪资不高，但我的心情轻松了不少。

　　我看了看信用卡里的欠款，计划着自己的薪水大概什么时候可以还完所有的债务。这些欠款，有大部分都是之前喝酒吃饭花掉的，然而跟越越和同学花掉的相比，可能不足三分之一。

　　我打开电脑，开始工作。

　　平安夜那天晚上，同学和越越邀我一起跨年，我说我要加班拒绝了。

　　我在公司加班到八点，周围人都走得差不多了，我拿上背包离开工位，去楼下便利店买了一份关东煮，坐在店里的凳子上一边刷着手机屏幕一边吃。

　　突然收到朋友发来的一张照片，是一张结婚证，上面的照片是前男友和一个我不认识的女生。

　　我愣了愣，是一个完全不认识的女生，但那个女生长了一张拥有清晰的未来的脸。

　　我的心里并没有一丝不甘或者难过，我想他选择的是一条我可以清楚看到未来会发生什么的道路。正因为知道了最终答案，即使美好幸福它也失去了魅力。其实普通人的生活不都一样，有跌倒有痛苦，我过的也只是另一种普通人的生活。

　　虽然如此，但正因为一无所有，充满了各种未知，我才开心了起来，满怀兴趣地生活，然后期待下一次的失败。

24 岁
像我这样节俭地生活

1

他第一次来我家，先去的是阳台。

很小的阳台，狭窄的长方形，为了让洗完的衣服不会发霉，我买了烘干机，所以阳台空了下来，被我种了各种花花草草。不，准确来说是各种可以结果和吃的蔬菜。

一盆番茄苗，每年夏天大概会结十几个果子。一盆葱，是亲手养起来的，虽然不多，但有时晚上煮面，可以摘几根切碎撒在面上。剩下的是几盆小白菜，我喜欢种小白菜，这菜容易种，成长迅速，随时都可以采摘。而且绿油油地生长在花盆里，也挺好看。

"你喜欢……种菜？"对方蹲下身，摆弄着一盆小白菜。

"谈不上喜欢。"我说，"主要是可以吃。"

他脸上闪过一丝奇怪的表情，但我没太在意，种菜是为了吃掉，这是跟数学公式一样不证自明的真理。

吃饭的时候，我不小心把汤汁倒到了他身上，黑色的酱汁在他白色衣服上漫开，而且大腿上也被浇到了不少。

他提出想要洗澡，因为汤汁里面的酱料干了后粘在身上很难受。

我说："可以，但最好十分钟内洗完。"

他愣了愣，没多问，答应了。直到洗完出来，才问我："为什么刚才你要我十分钟之内洗完澡？"

我想了想，回房间找出纸和笔来，给他解释原因。

"我也是有天很好奇我洗澡一次能用多少水，所以就找了个一升的容器，开花洒掐秒表，根据水装满的时间计算，发现接满一升水需要 5.2 秒，算下来一分钟我家花洒的流量大概是11.5 升水，而我以前每次洗澡开花洒的时间大概是二十分钟，这样算下来我光是每个月洗澡用掉的水就差不多有 7 吨！一个月光是水费我就要花差不多四十块钱，而我问了身边的朋友，别人一家三口两个月水费才四五十块，所以为了节约用水我发现最好洗澡时间不要超过十分钟。"

我在纸上用笔写出了公式和步骤，他看得愣了愣，问："那你怎么估算洗澡时间？定闹钟？"

我笑道："你怎么知道的？不过你没定不也很快洗完了吗？"

他顿了顿，脸上闪过一丝古怪的表情："那是我平时洗澡本来就快……"

那天之后，他便没再主动联系过我。

其实不恋爱也没什么，只是有时候看见周围的人都在恋爱，会好奇地思考恋爱究竟是什么样的滋味。可朋友和同事都说我这样不打扮又不出门社交的状态，能找到恋人是奇迹。

虽然我才二十四岁，但我和周围的同龄女性确实很不同，主要是我不舍得花钱。当晚上大家都去酒吧小酌或者周末逛街去游乐园玩的时候，我都一个人消磨着时间。原因很简单，我不想花钱。

在同龄人都在用着各种金融平台提前消费的时候，我却节省得像老人家，在一般人眼里确实有些奇怪。

到了如今，我的问题反而是，为什么要花钱呢？

2

要说生活里最开心的事，大概是去公司吧。

不是有多么喜欢上班，而是在上班的时间里可以不用花费任何钱。虽然薪水不高，但是公司的福利还不错。每天有免费的早饭和午饭可以吃，这是在大冷天我也能准时起床的动力。

食堂里的早餐很简单，包子、馒头、鸡蛋、牛奶和豆浆。一般人可能一个包子一个鸡蛋再加上一杯豆浆就可以了，可我每顿能吃掉三个包子，还有两个鸡蛋和一杯牛奶。平时中午也要吃两碗米饭，因此食堂的阿姨和大叔对我印象特别深刻，每次打饭都会对我笑笑，然后给我足够多的饭菜，免得不够吃再跑一趟。

有次听见同事在背后议论我："或许是免费的她才吃这么多吧，平时连奶茶都舍不得给自己买一杯，公司可别被她吃垮了。"

我确实吃得挺多，可胃口大小是我没法控制的，我并不在意别人怎么说我，因为在节省这件事上被人议论的次数多了，早就无所谓了。

说实话，如果公司没有免费的早午餐，我一个月的生活费肯定会增加不少。有次同学问我是怎么在一家公司做这么久都没有辞职念头的。我想了想，很真诚地告诉他："因为有免费的早午餐可以吃。"

确实如此，而且在公司待的时间，还能免费享受饮用水、纸巾、电等资源，尤其是夏天和冬天，如果待在家里空调费和暖气费都要好几百，但在公司可以免费享受到这一切。

我的想法是有点古怪，好像只要不花钱，可以忍受任何事情。

其实我也不是从一开始就这样节俭，刚上大学的时候，因为第一次离家，手里拥有了长达一个月可以自由支配的钱。同寝室的女生都很会打扮，在她们的影响下，我把生活费几乎都花在了买衣服和化妆品上，每天的心思都在研究怎么搭配衣服和化妆上。平时晚上会去 livehouse 看演出，一次一百块钱，用学生证购买可以打五折，单次花费算下来觉得还好。和朋友出去玩，走累了必定会选择奶茶店或者咖啡店，花几十块钱喝一杯东西。晚上没事的时候就看直播，等到主播亮出种种质检报告、明星代言和欧盟认证的时候，我基本都会沦陷，买一大堆其实根本用不上的东西。可在那一刻，我觉得我很快乐。

但很快我的生活费就全部花完了，而距离父母给我钱的时间还有大半个月。

室友说可以去网上借钱啊，趁年轻就要对自己好点。

我想着下个月节约用钱，把这个月贷款的钱还上就好。于是注册了账号，借了一千块钱。但实际上，等真的到了下个月，我根本就没法做到节省。为什么这个世界上会有那么多漂亮的新衣服存在？值得去打卡拍照的网红店像雨后春笋一样不停冒出来，一到周末大家都会去吃饭拍照，我不可能不跟着一起去。而且拍照就是要穿漂亮的衣服化好妆容才好看啊，不然照片不都没有意义了吗？拍完的照片选出几张喜欢的，然后大家坐在店里的椅子上开始用手机修图，想好文案就发布在朋友圈里。每次发出的照片都能得到很多点赞和"真好看啊""又出去玩了""羡慕"的评论，就连高中时代暗恋的男同学也难得给我点了赞。

我感觉我好像生活在一个精心制造的粉红色泡泡里，可只要打开手机看看我欠下的额度和卡里的余额，这个泡泡就立即破碎了。

因为欠的钱越来越多，我不得不想办法兼职赚钱还债。

我找到一份在餐厅兼职服务生的工作，每个小时十二块钱，一个月下来我差不多能有两千左右的收入。要是换作以前，我会觉得这是一笔巨款，可当我把所有钱拿去还了债，再看看欠款的额度，才发现只是杯水车薪。

我很懊恼自己花钱时的随心所欲，可是等看见漂亮的衣服和包包时，心里消费的欲望又会重新燃起。一个声音在脑子里响起：我还年轻，等以后工作赚了钱肯定能马上就还上。另一个声音也跟着响起：我要是再继续借下去，光是利息都还不起了。

两个声音在内心交织着，直到第一个声音战胜了第二个声音，我又没忍住花钱买了看中的衣服。

在反复被消费战胜的日子里，只有买下东西的那刻我是快乐的，可是那样的快乐太短暂了，以至于来不及回味就陷入了还钱的泥沼里。

在餐厅全职打工的同事，和我年龄差不多，有些比我还要小几岁。大多是高中毕业或者没毕业就出来工作的年轻人，带我的领班丽丽跟我年龄一样大，本地人，出来工作一年，但已经非常老练的模样。

有天她突然问我："你知不知道首尔街在哪里啊？"

"啊？"没想到她会问我这个问题，先是愣了愣，而后我告诉她该怎么去。事后，我才反应过来为何当时没反应过来，因为首尔街是平时我和室友常去的地方，那里是专门卖女装的地方，性价比高，很适合学生。但也因为那不是什么特别的地方，所以我下意识觉得作为本地人的丽丽怎么会不知道。

在后来慢慢的相处里，我发现丽丽虽然是本地人，但生活圈子几乎都在家附近，我跟她说什么网红餐厅，她全都一无所知，买衣服几乎都是去批发市场。当她说出自己的存款数额时，我整个人都惊讶了，差不多是我欠下的债款数字。

"我一个季度只有三套衣服，其实我都觉得多了，因为平时上班都穿工作服，只有休息时有机会穿自己的衣服，所以完全够了。"

丽丽说这些的时候，脸上始终带着淡淡的微笑："其实我很羡慕你呀，每天都穿着漂亮的衣服，又会化妆，而且看你朋友圈感觉你生活得好精彩。"

我笑了笑，心里面却不是滋味。虽然这只是每个人不同的生活方式，但真正打动我的是丽丽说话时的那种平和，她身上一点也没被外在环境影响而始终保持自己节奏的坚定。

其实很多衣服我买了根本就没穿，可买下的那刻总觉得拥有了这件衣服就拥有了不一样的人生，好像也可以成为商品图案里的女孩，拥有她身上的气质，过上商品文案里传达出的生活方式。

但事实是，买回来的衣服始终只是一件物品，它身上的含义再深刻也需要穿着者本身去展现，而我看上去美好的生活，不久就迎来了它最后的结局。

3

我有一张信用卡和六个借贷平台。手续非常简单，填完借款人身份信息就可以借到，我从来没逾期过，因为平台"倒"平台，窟窿总能补上。而且从网上借比从朋友那里借更好，不需要还人情，不需要任何交流，填完信息立即能拿到钱。因为借钱的手续太简单，很容易就陷入了以贷养贷的漩涡。

窟窿越来越大，不是单靠拆东墙补西墙就能还上的时候，临近还钱日期前，我望着那个数字愣了，即使把我身上所有的钱拿去还债，也远远不够，我因此焦虑到全身发抖，一个人躺在床上，双目失神，不知道该怎么办。

借同学的钱？向店里预支工资？或者再向其他平台借钱先缓过这个月？

可无论怎么想办法填平这个月的欠款，到了下个月我依然要面临同样的问题，而且利息会越来越高，是我再怎么辛苦打工也无法及时还款的数字。

我觉得浑身冰冷，根本没有心思上课，甚至觉得如果此时是世界末日就好了，这样就不用还钱了。

在不安和忐忑中度过了两日，眼看还钱的日期逼近，我硬着头皮给父母发了一篇长长的信息，如实告诉他们自己如今的经济状况，希望他们可以帮帮我。

我的父母都是普通的工薪族，但他们还算开明，不是那种一见子女犯错就直接批评的类型。信息发出去没多久，我就接到了他们打来的电话，我们聊了很久，他们表示理解我消费时的虚荣心，也理解年轻女生爱打扮的心理，但是底线是在我的经济能力范围内。

最后的解决办法是父母答应帮我偿还欠款，但这是他们借给我的钱，不管分期多少年，只要每个月月底能还他们一部分就行，哪怕是一两百块。

欠父母的那笔钱我直到毕业开始工作后才全部还清，大概就是从那个时候开始，我开始不再乱买衣服和化妆品，渐渐地，也不再跟室友去各种网红店打卡，因为一门心思想着还钱，努力打工，也没有谈恋爱的想法，我就这样一路来到了二十四岁。

但如今的生活方式也不是一蹴而就的，转机大概是从记账开始。我想要知道自己每笔钱花在了哪里，因为常常觉得自己每个月根本没买什么东西还是花了不少钱，于是开始用本子记账，但坚持不了几周就因为懒惰放弃了，最后在手机上下载了记账软件，每次花钱出去都会及时记下来，不知不觉就坚持了一年，发现自己最大的消费是衣服和餐饮。

一年的花销账单意义不大，因为之前没有记账，没法对比。这样坚持了两年，并用 Excel 进行了总结。发现自己每个月的奶茶咖啡费用竟然高达四五百，但喝的时候觉得二十几块钱一杯是小钱，可不知不觉累积起来有这么大一笔开销。其次衣服和化妆品仍然占了主要开销，规定自己一年内不买任何衣服对我来说也不切实际，但把每个月买衣服的花销规定在两百或者三百以内，这笔费用也慢慢降低了下来，如果衣服超过一个月没有穿过，我就会挂到二手平台上卖掉，能回收多少钱是多少钱。

当看着账单回顾自己钱去了哪里的时候，常常觉得当时决定买东西的自己完全是被消费主义洗脑了，很多东西都可以用其他的替代，或者压根不用买。而且我开始自己在网上买挂耳咖啡和茶叶来替代在外面买奶茶咖啡的花销时，还不知不觉瘦了几斤。

类似的省钱经验还有：租房别租公寓房，因为水电费的商用价格贵到吐血。而民用住宅基本都开通了峰谷用电，晚上用电会更便宜。我还加入了各种电商的互助小组，大家在群里彼此帮忙砍价，可以省下不少钱。并且在很多可以抽奖的平台上养了一两个小号，时不时发些原创的东西，目的是拿来抽奖。临近日期的抽奖活动似乎更容易中奖，当账号中过一次奖后，就会开始高频率地中奖。我一般都抽护肤品，因为它对我是刚需，价格一套花下来少说也要上千，所以每次中奖都能帮我省下一笔不小的钱。

最关键的还是要抵抗住商家对你的洗脑，什么钱不是省下来的而是赚出来的，但大多数都是普通人，拿着一份死工资，就算有副业可做，收入也不会有太大的波动。而很多人之所以没钱的问题也不在于收入太少，真的是因为开销太多。

最典型的开销要属"拿铁因子"，这个词是由一个金融顾问提出的，源于一个故事，有一对夫妻每天早上都要喝一杯拿铁咖啡，看似很小的花费，三十年累积算下来花钱竟达到了七十万元。

后来"拿铁因子"便用来指代人们每天生活中如买杯咖啡般可有可无的习惯性支出，例如饭后的一杯咖啡或奶茶，视频平台可有可无的会员充值，网上商品促销买的口红，付了钱却未真正使用的健身卡……而这些被浪费的钱财聚集起来可能使他们成为富翁。

而当这些钱省下来后，每年年底都会发现自己不仅没有欠款，还能存下一笔小钱，心里的满足感和快乐非常踏实。

我成为这样的俗人，所以才会把第一次来家里的暧昧对象给吓跑吧。我可以理解他的心情，跟我这样抠的人生活大概会觉得很累，但这不过是说明我们并不合适，所以我并没有太难过。

4

虽然不怎么去外面消费，但我有自己的快乐。

周末的时候，我喜欢小酌几杯。自己在网上买了鸡尾酒套餐，在家里做。打开一部电影，或者打开蓝牙音箱放音乐，一个人坐在沙发上，就像开着一辆复古汽车去到海边看日落。

虽然我很节省，但在家里用的东西上都尽量选择质感好的物品，家里足够舒适了，就会打消出门消费的念头，这也是省钱的一种手段。出门的话会选择骑自行车去郊区，或者自己带好水和干粮去爬山，约朋友去看免费的展览，我在美食平台上参加霸王餐活动，中奖后就请朋友一起去吃。

其实不花钱可以做的事有好多好多。

而很多人的花销给人的感觉是陷入消费主义太深，扒着那点所谓的女人要对自己好一点就必须给自己花钱的理念放不下。可对自己好和花钱之间根本没有任何必然的联系，没有花钱的我依然也过得充实且健康。

家里的东西很少，因为是租的房子，所以买的东西都是刚需用品。有时候我会自己手工做一些抱枕和坐垫，节省了买椅子的钱。虽然房子是租来的，生活是自己的，可过好生活真的不需要花那么多不必要的钱。

朋友来我家，说很极简风。

我说："我就是抠。"

我花了好几年，才能坦然地说出这句话。我不舍得花钱，我很节俭。不知为何这些本来很正常的词，慢慢变得好像是在说"我不舍得对自己好""我觉得我不配拥有更好的东西"。

毕竟这个世界仍旧被疯狂的消费主义把持着，在无数消费理念告诉你"舍得花钱才能赚到钱"的时候，能够大方承认自己抠，是一件很难的事。

其实最开始省钱的时候，我对周围人解释最多的是"我是极简主义"，但其实极简主义真的在遇到喜欢的又有需要的东西时，是毫不在意价格的，而我很在意价格。所谓节俭，其实就是"抠"，我一直遵循着能不花钱就不花钱的原则，所以每年的大型购物优惠活动很少能打动我，再怎么优惠也要花钱啊，真正的节省是干脆不买。

买之前多问问自己，真的需要吗？我一般会把想要的东西先加入购物车，等过几天再看看，如果真的需要才会买，但真的很多东西再放置几天后就会发现，其实并不需要。

身边有因为陷入消费贷而苦恼的朋友，找到我请教怎么省钱。

在我说了自己省钱的习惯后，她露出讶异的神情，叹了口气：

"算了，你这样的日子我过不下去。"

我给朋友调了一杯威士忌酸，她接过喝了一大口，咂咂嘴道："挺好喝的，多少钱啊？"

"网上买的套餐，不到一百块，可以做十杯左右吧。"我说。

"靠。"朋友说，"去酒吧喝要六七十一杯呢，不过我还是愿意去酒吧喝，感觉还是不一样。"

我耸耸肩，没有说话。

其实钱怎么花是自己的事，但只要想到大学时为了还钱经历的一切，心里仍然后怕。而且当一个习惯开始养成，会发现其实很多事情并没有那么难。

以前觉得一杯二十三块钱的奶茶不能省，但当真的不喝的时候其实生活也没有什么改变。

朋友找我倾诉了会儿，最后仍是没有解决办法。即使我借给她钱，她目前的欠款仍旧还不了。

"我不能让父母知道。"朋友说，"我不想让他们失望，他们一直让我回老家工作结婚，我留在这里就是为了向他们证明我可以生活得很好，他们本身生活就很节约，却要把自己的养老钱花在为我还债上，我良心会不安的。不想让他们操心，更不想认输吧，如果向他们借钱就好像证明我是错的，我一个人在外面过不好日子……"

我能明白朋友的心情，因为我也有过。当我们在消费那些光鲜亮丽的商品时，其实是在展现我们和其他人不一样的生活方式，好像在讲述一个故事，以为自己穿上了那件衣服或者说走就走的旅行就能证明自己是个独立女性，把物品和脑子里的念想合二为一了。

5

我告诉朋友公司最近发生的事。

公司的一个女同事突然辞职了，平时开朗活泼的女生，穿着光鲜亮丽，经常拎着不同的包来上班。我们一直以为她家境很好，直到她离职后同事开始传言她欠了五十多万的钱，征信都已经烂掉，讨债的人找到公司来，她不得不辞职，才发现我们对她的看法只是源于最肤浅的表面。后来，没人知道她去了哪里。

大概她在购买衣服包包的时候，也和我曾经一样，以为可以活成精修图片里的样子，实际上没有任何事物和"我是谁"有本质的关系。

穿好看的衣服扮漂亮，刷昂贵的礼物给主播们，在直播间等待冲刺购买东西的那刻，无疑都能感受到强烈的自我存在。把拥有当成存在，觉得我拥有就等于我存在。这也是人们喜欢恋爱的一个原因，因为没有哪种关系能比爱情里那种起伏不定、情绪强烈的关系，更能让人深刻地体验到自我存在的了。

其实消费也是，某种意义上，它代表了我们内心的一种渴望。

朋友觉得我疯了，为自己的抠门还找了一套形而上的哲学理念。

"我做不到，如果不能及时享受当下，生活的意义是什么？"她放下酒杯，站起了身，开始在我房间里踱步，"我可以工作更努力点，之前认识一个朋友说跟我合伙做点事，或许我可以考虑考虑……"

我看着朋友身上穿的最新款的衣服，而我的衣服是三年前的旧款，袖子边有点磨损了，依然在穿。其实本质或许都一样，她通过不断地消费去感知自我，而我在省钱里面找到了自我存在的感觉。消费也好，省钱也罢，一旦陷入极端，都是深渊。

朋友走后，我打开手机通讯录，发现我和很多朋友都没有联系了，因为不愿意出去花钱，拒掉了不少的聚会，久而久之，大家也都不怎么找我，默契地把我排出了圈子。

我伸了个懒腰站起身来，打算去商场逛逛，给自己买一件新衣服，晚上再约一个很久没见的朋友喝一杯酒。

收到邀约的朋友发来惊讶的表情包："你居然舍得去酒吧喝酒？"

我回复道："去我们以前上学经常去的那家吧，便宜。"

"哈哈哈，你还是没变。"

无论是被说疯了，还是被说抠门，我都无所谓，我坚持自己的生活，如同朋友坚持自己的，花钱花到最后，或许会一无所有，但至少省钱省到最后，我可以得到一个感到安全的数字。而我们最终都会因为坚信的东西成为自己。

26 岁
我们仍然
不清楚爱的形式

1

售房部里人头攒动，中介和房子的置业顾问围绕在我和男友身边，给我们介绍房子周围的配套设施和未来前景。

暖气很足，大厅还准备了水果、小蛋糕和饮料，中介殷勤地为我们拿了些吃的，放在我们的桌上。

我盯着挤满奶油的蛋糕发呆，觉得有点闷，便对男友说："我出去透口气。"

男友正认真听着置业顾问的介绍，看了我一眼，又转过了头去。

我走到售房部外面空旷的平台，这里有不少人在拍照。售楼部的对面就是江，江对面是我们市区的一个旅游景点，晚上的夜景很美。滨江资源、学区房、升值空间大，这些不断被置业顾问反复咀嚼的话此时在我脑子里窜来窜去。

确实是好地段，房价自然也配得上这个好。

中介出来找我的时候，我正蹲在地上看着天上的云朵发愣。

"终于找到你了。"中介笑嘻嘻道，"这里景色还不错吧，之后等周边配套起来后，会更热闹的。"

我抬头看了他眼，笑了笑，没有说话。

"那个，你男朋友让我叫你回去。"中介说，"你们是要结婚了吧，他对你真好，刚还在跟置业顾问说要写你俩的名字，首付他来出。"

我一直没有说话，中介终于感知到我的情绪，怔了怔，闭上了嘴。

回去后，男友把打印出来的一张单子推给我，上面是首付三成的价格以及每个月要还的房贷。

他捏了捏我的手，笑道："首付我回去再问我父母要点就没问题了，你不用担心。"

男朋友和我都有稳定的工作，他的薪资是我的两倍，但说实话，买这个房子对于我们来说仍然是有压力的，他虽然嘴上说着还差一点，但实际上我们两个人所有存款加起来还不够首付的一半。

"要不我们再看看？"没法当头就浇灭他的热情，我说，"而且现在我们首付也没那么多钱，先考虑两天吧。"说完，我拿了块挤满奶油的蛋糕，一口喂进了嘴里，不再看男友。

回去的路上，男友心情肉眼可见地烦躁，等绿灯的时候，打开车窗，掏出了烟，点燃之前又取了下来。

"你抽吧。"我说。

男友挠了挠头："算了，别让你吸二手烟。"

红灯亮起，他重新关上车窗，启动了车子。

冬天天暗得特别快，街道两旁已经亮起了路灯。行道树上挂了许多的星星灯，一闪一闪的，虽然俗气但也算好看。再过两个月就要过年了，大家都说年底买房是最好的时机，开发商为了年底回款一般都会打折，而且等过年的时候亲戚朋友问起，也可以底气十足地说句"我买房了"。

我闭了闭眼，可以想象那样的画面，心里却空落落的。

"你担心钱不够吗？"男友突然问道，"首付的钱你别操心，我一个人可以解决，房贷的话，其实我一个人省省也可以还，钱的事情真的不……"

"对不起。"我说，"谢谢你考虑得这么周到，只是……"

只是什么呢？

只是我还没有准备好和你结婚。

只是我还没有准备好跟你把名字写在同一个房产证上。

只是我还没有想明白很多问题，就突然被周围的一切推着要走上另一条轨道了。

……

我很爱我的男朋友，但这不代表我想要和他结婚。

2

记得大学刚进校，我一个人茫然四顾，一个穿着黑色 T 恤的男生突然蹦了出来，冲我扬了扬手，露出一口白牙："嘿，你是新生吧。"

我点了点头。

当时的我怎么也不会想到，这个人在未来会成为我的男友，甚至跟我谈婚论嫁。

他自来熟地介绍自己，大二金融系，一边说着一边帮我拎过箱子，在前面给我带路。

"你有什么想参加的社团没？"他走在前面，突然回过头来看了我一眼，"我们学校社团很多的，射箭、篮球、羽毛球、拉丁舞、象棋……"

"你在哪个社团？"我问。

他愣了下，随即笑得特别开心："我是射箭部的，有兴趣加入吗？"

于是我就这样加入了他所在的社团，但其实我对射箭没有多少兴趣，当初加入有很大部分因素是因为他。我第一次见到他，就很喜欢他身上那种自然的亲和力，让人觉得很舒服。

除了社团和平时的学业，更多时间我拿着相机去乡间采风，报道住在麻风村里那些被人遗忘的人。他知道后，对我流露出欣赏的神色，说："下次我陪你去吧。"

他刚成年就考了驾照，我们租了一辆共享汽车开到乡下，一路颠簸，路上他用各种有趣生动的笑话逗我笑，让这场短途变得一点也不无聊。

下车后，他背着一个很大的双肩包，最开始看见的时候我就想问，却没问出口："你为什么背这么大个包？"感觉像是要住下来似的。

他笑了："给麻风村的村民带了点小礼物。"

他热情温柔又周到，虽然第一次来，但比我还要受欢迎。我在一旁安置三脚架，架上相机，抬起头，发现他正望向我，眼睛弯弯的，像一对月牙。

"嘿，我们一起拍张照吧。"他说。

如果说之前加入射箭部只是因为觉得他长得好看又温柔，那么这次的心动则源于这个人身上拥有着纯粹的美好。

后来社团聚餐，我们在 KTV 里唱歌，大家都喝了不少酒，他唱了一首粤语歌，发音很标准，我则坐在角落里喝酒，他唱完后跑过来问我："你有想唱的歌吗？我陪你一起唱。"

我说："我不喜欢唱歌。"

他突然定定地望着我，幽黑的眸子里闪着光，大概是受了氛围的影响，我们突然就轻轻吻了吻对方。其实并没有想过和他交往，虽然他确实是一个不错的交往对象，身边也有好几个追求他的女生。可对我来说，谈不谈恋爱不是一件特别重要的事情，想到周末的时间要拿来陪男友，我更喜欢拿着相机到处走走。所以，那次后我没想太多，只是当成一场意外，事后我们有好几天彼此都没再联系。

直到有一天，室友说租了一个轰趴馆，让我一起过去玩。到了现场，发现里面布置得像个结婚现场，我正诧异着，他就突然出现，手里捧着我喜欢的花，一边唱歌一边朝我走了过来。

当时的阵仗，不知道的还以为他要向我求婚。

"我觉得你是个特别好的女孩。"他望着我的眼睛，"有主见，有想法，也很坚韧，不会因为别人的看法改变自己的坚持，就跟很多女孩不太一样。"

他眨了眨眼，对我说："我会一直喜欢你，直到你不再喜欢我为止。"

我接受了那束花和他的表白。

交往后，他对我也非常好，甚至可以说是无微不至。本来我以为初恋不会长久，可没想到我们一晃就到了毕业。他比我高一年级，所以我还在准备毕业论文的时候，他已经在正式上班了。

那段时间我们都很忙，差不多一个月只能通过手机联系彼此。本来说好他生日的时候一起过，但因为他工作繁忙我忙着论文只好作罢。我把生日礼物提前寄给了他，在凌晨十二点的时候用手机发送"生日快乐"过去。

他回了电话给我。

"下楼来。"他说。

我愣了愣，惊讶道："你来了？"

"嗯。"他说，"还是想要和你一起过生日。"

他为了可以有时间来找我，连续加了五天的班，把工作提前完成。一下班就急匆匆赶回来，路上还闯了一次红灯。

我鼻子酸酸的，跑过去抱住了他。

"乖，我好想你。"他摸了摸我的头发。

"我也是。"我说。

他满足了我年少时对于爱情所有的幻想，就是这样的一个人，即将成为我的丈夫，很多人都觉得是我的福气，嫁给他无论怎么看来都是对我更有利。

所以，我在犹豫什么呢？

3

我和家里的父母关系不是很好，春节是我最不想面对的节日。

他知道我的心思，于是问我："要不跟我一块回家过年吧，我父母也想见见你，你不用紧张，他们都很好说话。"

那是我第一次见到他的父母，确实是很温和的家长，跟他一样，笑起来让人觉得舒心。

大概也是为了不让我觉得不自在和尴尬，他的家有两层楼，他的卧室里有卫生间还有一个小客厅，就算我们不上楼吃饭，也完全可以，他的父母也尽量给我们单独相处的时间，从来不来打扰我们。

年夜饭当晚，我们四个人仿佛已经成为一家人，一边看着春晚一边吃饭聊天。

"你毕业后有什么打算呢？"他的母亲问我，语气并不让人觉得突兀。

"毕业后我想去支教。"

她愣了愣，随即笑起来："也不错，算是增加人生体验。"

我说："我挺喜欢摄影的，目标是能够有一家自己的摄影工作室。"

他伸手搂了搂我的肩膀，对他母亲笑道："怎么样，是不是跟我说的一样优秀。"

毕业后，我如愿支教了一年。我的父母因此非常生气，他们希望我可以考公务员，或者进入银行工作，而不是东奔西跑，连个稳定的工作都没有。我自然没有听他们的话，因为从很久之前我们就很难再坐下来心平气和地聊天。反而是他，打电话给我父母，帮我做好了他们的思想工作。

"父母担心是正常的，我就说一切都有我，我是你的后盾。"他在电话那头给我说这些的时候，语气一派淡然，"你就安心支教，别想太多。"

不知不觉，我们就一起走过了这么多年的时间，我二十六岁，他二十七岁，双方父母都催促着我们结婚。

他早已做好结婚的打算，所以才会带我一起去看房。

我想到去年过年，我听到他和父母在房间里的争吵。

"她不想生孩子你就由着她啊？"他母亲压低了声音，语气里满是不解，"她毕业去支教就算了，已经白白耽误了一年时间，现在开的摄影工作室朝不保夕的，她连个稳定的工作都没有，我们给你们出房子首付，什么都不需要她管，她怎么还那么多要求呢……"

"妈，她干什么是她的事情，我们的钱都是自己花自己的。"

"可你们要结婚了，以后是要一起生活的呀……"

我没有再听下去，拿着杯子慢慢退回了房间。

或许对于很多人来说，我的想法很古怪。不想生孩子，不想要父母插手我们的婚姻，也不想就这样把一辈子的生活都框死。如果我们不买房子，我们可以用那笔钱做很多事，而拥有了房子，为了房贷，我们将要背负的生活未来可以想象，每月要省钱，不敢出门旅游，也不敢随便报名参加喜欢的课程，我想要拥有的不是只有房子就可以的生活，仅此而已。

4

在停车场停好车，他走在我前面去按电梯。

我站在他背后，终于说出："我们可以不买房吗？"

他没有转过头，大概是在盯着楼层的数字，顿了顿，对我说："之前不是已经说过了吗，我不想结婚后让你租房住。"

"可我不介意。"我说，"我想和你在一起生活，可我还不想结婚。"

我不知道该怎么表达我的意思："虽然大家都说结婚是两个人的事，可其实始终还是两个家庭的事，我还没有做好成为一个妻子的准备。"

电梯门打开，他转过身来，拉过我的手，进去后按下关门键，他轻轻叹了口气："是生孩子的事吧，我在跟我父母那边争取了，让他们婚后不要催你生孩子。"

不是这样的。

"那如果我一辈子都不想要孩子呢？"我看向他，"你有没有想过这个问题？现在你是觉得我现在不想生，可只要结了婚就会架不住周围人的劝说，一旦怀了孕就顺理成章生下来了，不是吗？你们所有人都是这样想的，你们才是婚姻的同盟者，而我不是……"

"结婚、生孩子，大家不都是要走到这步的吗？身边那么多朋友没有感情也进入婚姻了，我们两个明明相爱，多少人羡慕我们都来不及，你怎么就觉得不好了？"

电梯门重新打开，我们到家了。

我先走了出去，微微侧过头去："要不要结婚，和爱不爱，其实是两码事。"

他跟着我走出来，搂住我的肩膀，声音软了下来："算了，我们暂时不讨论这个问题了，我饿了，回家点个外卖吃吧。"

我们租的房子是一个两室一厅的户型，我们把其中一间房当成书房，书桌两侧放了两个座椅，有时我们会一起工作，或者看书。窗外面有很漂亮的夜景，晚上我们点了消夜，会把食物拿来这里吃。

他点了我爱吃的牛肉粉，还有小龙虾。

外卖送过来的时候，我的父母正好打电话给我。

"吃饭了吗？"

我看了眼桌上刚到的外卖，回答道："正准备吃。"

"点的外卖？"

"嗯。"

"你说你们两个人一起生活了这么久，怎么就不学着在家里做做饭呢？"

我顿了顿，说："今天去看房了，没时间做。"

"那房子看得怎么样了？"

我说："太贵了，我们暂时不打算买。"

"现在是买房最好的时机，还不买明年价格更买不起了！你们还差多少钱？我们可以贴补，都要结婚了怎么能不买房子呢！"

母亲的声音很大，我想坐在我对面的他已经听见了我们的谈话内容，他微微抬了抬头，看了我一眼。

我皱了皱眉，只想尽快结束这通电话："不用了……"

"什么不用了？"母亲直接打断我的话，"你怎么就这么不听话呢？你现在这个情况别人还愿意娶你，你还这么任性，不是我说你啊……"

"妈，你能不能别说了？"我提高了音量，"我们还没准备结婚，不说了，我要吃饭了。"说完，我挂了电话，把手机关了静音扔到一侧的沙发上。

他静静地看着我，脸上的表情变化莫测，他打开牛肉粉的外卖盒，推给我："快吃吧。"

我吸了吸鼻子，眼眶发热："这就是我不想结婚的原因，住在我们父母出钱的房子里，我根本无法心安理得，他们会借此来要求我们各种事，而我不想被他们控制。"

他的眼睛微微睁大，有些受伤的样子，转而站起身，走近我，把我揽入怀里。他的下巴轻轻放在我的头上，我听见头顶响起他的声音："还有我在啊。"

<h1 style="text-align:center">5</h1>

摄影工作室接了个活儿，我需要外出三天。他知道后，笑了笑："回来给我说声，我来接你。"

回来那天是晚上，我打电话给他，没人接。我便自己打了车回家，一推开门就看见躺在沙发上的他，空气里有淡淡的酒味，垃圾桶里堆着好几个空酒瓶。

在我印象里，他很少喝酒，也不怎么抽烟，只有心情烦躁的时候会抽一点，也都不会在我面前抽。

我走过去，看见紧闭双眼的他，伸手摸了摸他的脸，起身去给他冲蜂蜜水，过来扶起他的头，给他喂下。

"你回来了？"他睁开眼睛，声音迷糊道，"抱歉，不小心喝多了……"

"没事。"我拍了拍他的头，"我扶你上床休息吧。"

我们之间的事情就这样僵持了下来。他不愿意我受委屈，可他也不能全然无视父母的要求，而我也在大家的互相拉扯中觉得窒息。

大学时期好朋友的婚礼，邀请我们一起去参加。

她知道我们最近发生的事情，开玩笑道："或许看完我结婚，你就想结婚了。"

或许吧，或许我只是还差一个契机，大家不都是这样过来的吗？爱情需要冲动，婚姻又何尝不是，不是所有事情都要想明白才能去做，我们没法试图揣测命运的意图。

朋友的婚礼在山上一个庄园里举办，群山环绕，草地碧绿，所有进场的女宾都能收到一枝白玫瑰。

朋友请了一支乐队，小提琴手站在舞台一侧拉动着琴弦，沉浸在音乐中，周围都是来来往往的客人，有认识的，有不认识的。草坪上的长桌放置了各种颜色漂亮的鸡尾酒，一个纯白色点缀着鲜花的婚礼蛋糕，每个餐盘里都有一朵别致的小花，客人的桌椅旁都插着一株芦苇。

我们坐下，他今天穿的是一套黑色的休闲西装，不会太过隆重，也不会显得怠慢。他一直牵着我的手，走到桌子边，问我："喝酒吗？"

我们一人喝了一杯鸡尾酒，酒味很淡，更多是酸酸甜甜的味道，我看着远处的山脉，今天天气晴朗，阳光灿烂。

女人们拿着花纷纷来了，花都是白色的，象征着纯真无瑕的感情。我好像闻到了花香，他在旁边打了个喷嚏，我从包里拿出喷雾给他。

"谢谢。"他对着鼻子喷了喷，舒服了许多，他一直有轻微的花粉过敏症，"没事，你结婚想要这么多鲜花也可以，我能坚持。"

我笑笑，说："我去看看新娘。"

朋友在化妆室，正在几个人的帮助下穿一件裙摆非常庞大的婚纱。婚纱夺目亮眼，上面镶嵌着许多碎钻。朋友深吸了口气，终于束紧了腰身。然后摄影师进来，开始拍照摄像。

我走过去挽住朋友，冲她笑笑："要永远幸福。"

她一夜没睡，漂亮的脸蛋下露出疲惫的神情："谢谢，你也要幸福。"说完，捏了捏我的手，然后看向了前方的镜头。

婚礼开始，新人在悠扬的小提琴的伴奏下，执手缓缓入场。新娘挽着父亲，还没上台，眼眶已经红了。新郎的声音通过麦克风传出的时候，带着颤音。

音乐很动人，宣誓很浪漫，我坐在下面悄无声息地落下眼泪。

他见了，掏出纸巾帮我轻轻擦拭："再哭，你眼线就花了。"

仪式结束，新娘回到化妆室换敬酒服。所有人起身回到吃饭的大堂，找到位置开始吃饭喝酒。大家喜气洋洋，为自己见证了这样一场婚礼而满足。

他一直牵着我的手，好像怕我突然离开似的。

他说："你看，其实结婚没什么难度的。"

我说："是啊，花费重金邀请认识的人来见证自己的婚礼，送礼金、吃饭喝酒，就是这样。"

他张了张嘴，却没再接话。

6

新娘换了一身红色的敬酒服，跟婚礼的主题有点格格不入。

她挽着新郎，和自己的公公婆婆一起挨桌敬酒。

到了我们这一桌，所有人站起身，举起酒杯。

"准备什么时候生孩子啊？"有人暧昧地问道。

新娘的婆婆替他们先回答了："快了，快了，肯定早点生小孩好嘛。"

"新娘真是有福气哦，你们的婚房是别墅吧。"

"哈哈哈……"

各种嘈杂的声音拥来，淹没了新娘的笑和话语。她带着求救似的眼神无奈地看向我，耸了耸肩膀。而后，跟着家人又去了下一桌。

男友为我剥好了虾子放进碗里，我盯着盘子发呆，觉得心里的情绪开始翻江倒海。

"怎么了？"他看出我的奇怪，"不舒服吗？"

我站起身来："我出去透口气。"

我在外面的椅子上独自坐了会儿。地上散落着鲜花、彩带，还有气球。

再过几个小时，这场婚礼就会彻底结束，人们各自回家，继续以往的生活。新娘和新郎还要招待晚餐的客人，晚上才能回到他们的新房，想必那里也被布置得喜气洋洋。等所有人都离开后，他们两个人终于可以松一口气，坐下来聊聊今天发生的事，数数礼金，相拥着说些关于未来生活的甜言蜜语，然后入睡。等到明天早上醒来，会发现时间竟然就这样过去了，他们的生活已经无可避免地开始走向另一条道路。想到新娘婆婆脸上的笑容，想到新娘对我无奈耸肩的神情，我闭上眼睛，想要忘掉这一切，可怎么也没法抹去。

"今天的婚礼竟然没有扔捧花的环节。"男友走了过来，手里拿着新娘今天的捧花，一大束漂亮的鲜花，还没有枯萎，在阳光下闪闪发光。

我笑了："是我们几个朋友说不要的，她本来想扔给我们，可我们都不喜欢这个环节，觉得……有点傻。"

"她专门把捧花留给了我。"他说着顿了顿，突然蹲下身子，掏出一个红色的装着钻戒的盒子，打开来想要递到我的手里。

他深深地凝望着我的眼睛，我知道，只要我点点头，那枚戒指就会戴到我的无名指上，让今天婚礼的喜气继续。

我眨了眨眼，噙着泪花，没有看他。

他在等我的回答。

我吸了吸鼻子，轻轻吐出一口气来，看向他："我很抱歉。"

他的脸上闪过一丝失落，但并没有惊讶，他已经预料了我的答案，而后浮现出淡淡的如释重负的神情。

我们都松了口气。

但是他还是哭了："我真的很爱你……"

眼泪不争气地流了下来，我握了握他的手，说："我也爱你。"然后站起了身，转过头，离开了。

我没有目的地地往前走，一直走。山上除了庄园，四周都是荒凉的土地和茂密生长的树林。

我走到一条小溪边，阳光照射出溪水打在石头上闪出的细碎的光芒，就像他打算送我的钻戒一样美丽。

我蹲下身，想要喘口气。突然，对面的草丛里蹿出一个东西，把我吓了一跳，原来是一只老鼠。

我想起初见的那个遥远的夏天，想起他自我介绍时微微扬眉的神情，想起他说过他会永远爱我。我清清楚楚地想起了很多动人的事情，却并不感到羞愧。我想到明天还要去工作室开会，接下来还有两个项目要谈。但重要的是，我要先找个房子搬家。

20 岁
模拟另一种人生

1

凌晨三点，我躲在被子里回复信息。

"你几点下班？"对方问我。

"直接通宵，打算吃个早点再回家睡觉。"

"要不，我们一起吃？"

"哎呀，今天实在太累了，改天吧。"我回完信息，就下线了，不给对方任何多加纠缠的机会。

我很满意最近给自己设定的这个新角色：十八岁少女小梅，生在重男轻女的家庭，为了照顾一家老小的生活开支，不得不辍学打工，结果因为浑蛋前男友，一不小心就进入了现在这个行业——皮肉生意。

这是我今年注册的第三个身份，之前有留学国外的高智商天才，还有在农村养猪致富的单身妈妈，以及现在小梅这个身份。无论是哪个身份，每次我都全情演出，给自己想好人物背景，具体到三岁的时候因为被家长打了一巴掌导致左耳现在听力有问题这样的点。

实际上，我的真实身份是一个普通大学的普通大学生，每天过着普通的学生生活，在一家普通的快餐店兼职打工。

我在快餐店负责收银和做冰淇淋。生意不忙的时候，我就观察店里的客人。因为附近都是写字楼，所以来这里吃饭的人大多都是白领，匆匆忙忙，吃饭的时候还要看手机处理工作，哪怕十几分钟的午饭时间都要带个笔记本电脑坐在窗边处理事情。

"一杯美式咖啡。"刚进店戴着鸭舌帽的男人，是这个店的常客。

他打开手机付款码，我用机器扫码后，把打印的小票交给他："请稍等。"

他的帽檐压得很低，遮住一半眼睛，但我还是看到了帽子下面的脸，一张普通的大众脸，可不知为何，我对这个人的印象很深刻，大概是我在他身上嗅到了一点同类的味道。

他拿了咖啡就走，没多逗留片刻。

一直到下班，我都保持着同样的姿势站在收银台前，下班后，我用员工折扣买了一大杯可乐，拎回宿舍喝。

同寝室的室友都还没有回来，要么是去了图书馆看书，要么是和男朋友在外面约会。我靠在床头，一边喝着可乐，一边打开手机的聊天软件，登录小梅的账号，头像是一张我用软件修得亲妈都不认识的照片。

几条未读信息发送过来，全是寂寞猥琐男人发来的诸如"多少钱一晚""约吗"之类的信息，我懒得点开看，直接全部删除。

我盯着屏幕发了会儿呆，可乐已经被我喝了一大半，然后开始更新小梅今日的动态。

"生意越来越不好做了，现在的客人好像都更喜欢在网上约？经理让我也试试可不可以从线上开发渠道，拓展客流，那么，从今天开始，我准备在这上面写日记了！"然后给我的可乐拍了张照片，模糊背景，传了上去。

半个小时后，才有人给我发了第一条评论：这么晚还喝可乐，不怕长胖吗？

手里的可乐早就喝完了，我心满意足地下床去洗漱，等室友们回来的时候，我已经重新躺在了床上。对于我而言，现在才是一天真正的开始。

2

我用小梅的身份认识了形形色色的人，是我平日里完全不可能接触到的。

有个在工地打工的年轻人，在我每日更新的动态下给我留言。他说"生活虽然很苦，但只要熬过去就好了"。

后来我们慢慢开始聊天，他给我讲述他自己的事情，父亲家暴，母亲懦弱，他长期处在压抑的环境里，好不容易等到成年便立即逃了出来。因为没有学历，也没有工作经验，便只能在工地打工，每天两百块钱，风吹日晒，好在包工头每次都按时结算工资，再辛苦只要手里拿到了钱，就会感到踏实。

我说："我也是，只要客人每次给了我钱，我就觉得踏实，虽然经理要抽走大部分的钱，但我相信只要我努力，以后就可以离开这个地方。"

他鼓励我："我们一起加油。"

聊天结束，各自道完晚安，天已经快亮了。我放下手机，揉了揉眼睛，其实我有时候会想，他告诉我的人生是真实的吗？会不会跟我一样，只是在通过社交软件模拟一个虚构的人生？

第一次在社交软件上注册跟自己毫无关系的身份时，完全抱着玩玩的心态，结果在其中发现了乐趣。一直以来，我都过着非常普通正常的生活，却找不到人生的价值所在。学习不能成为我的人生价值，工作、恋人都不能让我感到有向上一搏的动力。我没有什么欲望，好像什么都可以，大概也正是这种什么都无所谓的态度，让前男友对我忍无可忍，终于下定决心和我分手。

要说不难过也不可能，但更多是一种松了口气的感觉。

大概在真实的现实里和他人的拉扯，容易令我疲惫。但只是网络上的交流，我可以说出无比真诚动人的话，反正我们不会见面，不会在生活里产生真实的关联，说什么对我来说都无所谓。

和男友分手后，因为晚上突然没了跟我聊天和道晚安的人，我一时有些不太习惯，百无聊赖中才下载了一个排名靠前的社交软件，注册了账号，开始虚构了一个身份，跟陌生网友聊天。

第一次没有什么经验，可能我实在太普通了，无法驾驭好"高智商"的人设，很快就在网络世界遇到了一个真正聪明的人，对方两三下就拆穿了我的把戏，还嘲笑我："像你这种可怜虫，也只能在网络世界寻找安慰了。"

我注销了那个账号，没多久又重新注册了养猪的单身妈妈的身份。网友对养猪这件事很感兴趣，还有让我发喂猪视频的，我从其他网站扒下来自己处理了一下发过去，没想到还真糊弄了对方。

可总是重复一个单一的身份，很快我就感到疲惫乏味了，所以用单身妈妈的账号和大家告别后，过了段时间，我又以小梅的身份重新回归。我不知道这个身份我会使用多久，可能跟之前一样，一直到无趣了为止吧。

后来前男友回来找我复合，大概是发现新交往的女友总是爱管着他，才后知后觉发现我这种什么都无所谓的性格也不错吧，不过我拒绝了他，我说："我现在不需要恋爱了。"

之所以会和前男友谈恋爱，是因为大一刚入学，为了欢迎新生，高我们一年级的学长学姐特地准备了节目。前男友所在的话剧社团的节目是一个音乐话剧，他演的虽然不是男主角，但我觉得他的演技是所有人里面最好的，当他一边自白一边开枪射杀自己的那刻，我感动得流下了眼泪。

后来，我加入了话剧社，可惜一直只能做后勤工作，连最无关紧要的角色都没有机会演出。但前男友注意到了我，他说我总是独来独往，感觉很神秘，于是我们开始约会，并很快确定了关系。

在一起后，我才发现前男友跟我想象中的完全不一样。不过，我没有表现出一丝一毫的失望，照常履行着女朋友的义务。在这点上，我大概继承了我父母之间那种惺惺作态的品质。

我的父母在我很小的时候感情就破裂了，不过他们并没有告诉我，假装和睦地演着恩爱夫妻的戏码。我也懒得拆穿，配合他们假装我对此一无所知。既然可以在父母面前扮演无知的小孩，那么在前男友面前继续扮演傻气痴情的女友，对我来说也不是困难的事。

人生在世，总要扮演点什么角色吧。痴情的伴侣、乖巧的女儿、负责任的丈夫……总要扮演点什么，才能拥有继续人生的动力吧。

当一个人生活在故事之中，生活在一个想象的世界里，真实世界的悲苦也就消失了，只要我能将这个虚构的故事一直延续下去，现实于我也就不再存在。

3

这天，我同往常一样，下课后去快餐店打工。

那个经常来买咖啡的男人又来了，今天他戴着一顶渔夫帽，神情疲惫。

"一杯美式，一份大薯条。"

他拿出手机给我扫码，然后端着餐盘坐到了靠窗的位置吃。

"这个人又来了。"一旁的同事往他的方向看了眼，对我小声道，"之前都是美式打包带走，今天居然堂食了，神奇。"

原来同事也注意到了那个人，看来并不是我多么善于观察生活："可能今天不太忙吧。"

"可能吧，毕竟附近都是上班族。"同事说完，就忙去了。

因为没什么客人，所以我站在收银台，一直望向窗边。突然，他转过头，朝我看来，眼睛里没有任何神情，就那样坦然又冷漠地盯着我，我没有移开视线，我们四目相对，过了会儿，他移开目光，吃掉餐盘里剩下的薯条，就离开了。

下班后，我照例买了一杯大可乐，往学校的方向慢慢走。结果在路上，碰见了他。

大概是刚下班，他右肩上还背着包。

看见我后，他愣了愣，随即抬起手冲我挥了挥。

"你下班了？"

这是我们在店外面的第一次对话。

我喝了口可乐，吸管发出一丝声响，我看向他，说："对，赶着去打下份工呢。"

"安排这么满？"

"没办法，一大家人等着我养呢。"我竟然这么轻松地就说起了谎，大概在网络世界游刃有余的谎言，让我此时的胡诌看上去毫无表演痕迹。

"我还以为你是大学生兼职来着。"

我笑了笑，没有说话。

他等的公交车来了，他拿出手机对我说："要不，加个联系方式？"

我也掏出了手机："好啊。"

他的名字叫莫楠，大学刚毕业没多久，在快餐店附近的一家公司上班。他用一种略显骄傲的语气对我说："当时竞争这个岗位的一共有三百多人，可以说是过五关斩六将。"

我回复他："你可真厉害啊。"

"你还没下班吗？"他问。

我已经躺在寝室的床铺上有一个多小时了，用小梅的社交账号跟其他人聊了会儿天，又切换过来，回复他："快了。"

"你现在做的是什么工作呀，怎么这么晚还要上班？"

他毕竟是快餐店的常客，我不想说得太离谱，以免被店里的人知道，我说："就是在24小时便利店打工，我上的夜班。"

"哦，原来是这样，那你下班回家要注意安全。"

我们就这样无关痛痒地聊着，他是我在社交网络上这么聊天的人里唯一有现实接触的人。

其实我还是更喜欢用小梅的身份，在工地打工的年轻人最近辞职换了工作，送起了外卖。他说送外卖的收入很稳定，要是勤快点一个月差不多有一万块，他老家的那些同龄人一年差不多才有一万的收入，他对此心满意足，幻想着干个几年就自己做点小生意，然后买房买车娶老婆。

我说："挺好的呀，生活有奔头才有动力。"

但没几天，他又开始给我抱怨起来，无故给他打差评的客户，因为路上堵车送餐迟到导致赔了好几单工钱的外卖，雨天送餐摔倒打翻了外卖只能低声下气打电话给客户道歉……他说生活好累，特别羡慕校园里的大学生，每次去送外卖的时候，他们不是在打游戏就是在寝室里睡觉，他也想成为他们中的一分子。

"不知道当大学生的滋味是怎样的，以后要是有钱了，我一定要去读个大学。"他异常坚定道。

看着屏幕上他发来的大段大段的话，我有点不知道该如何安慰他，最后我编了一段关于自己更凄惨的经历，什么特殊癖好的客人，去医院检查发现自己患了难以治好的疾病，新入职的妹妹比我更年轻更漂亮云云，他似乎得到了一点安慰和鼓励。

他说："等我有钱了，我一定去找你。"

大概是觉得这句话有歧义，他又急忙补充了句："请你吃好吃的。"

结束聊天，我把手机放到一旁，才发现脸上不知何时有了眼泪。

4

我和莫楠再在快餐店遇到，他仍然跟往常一样，点一杯美式咖啡，我们没有过多的交流，只是在结账的时候他抬起眼睛看了我一眼。

同事见他离开，凑过来冲我八卦："我发现他身上的这件衣服穿了一周了。"

我瞥了她一眼："你工作是不是不饱和啊，怎么每天盯着别人看？"

"我也每天盯着你看啊。"同事开玩笑道，"你可能还不知道吧，你在我们眼里特神秘，从不和我们聚餐，也不跟我们一块打游戏，大学课业很繁忙吗？"

我没有刻意和谁保持距离，大概是天性使然，从小到大身边的朋友就很少。因为我从不主动结识谁，这种过分冷淡的反应，是可以让很多想和我做朋友的人都避而远之。何况我只是一个普通的大学生，既不漂亮又没有才华，没人非得上赶着跟我交朋友。

但这样挺好的，我天性不擅交际，也不想勉强自己去迎合别人，我本身无趣不讨人喜欢，我不主动，也免除了让别人忍受我乏味的打扰。而大多数人比我还要无趣，说着网上看来的段子，生活里琐碎无聊的事情，我不想忍受他人的乏味。所以，我很自觉地避开了一切，或许对一些人而言，我层层的外壳之下一定有着什么特别的东西，但其实光是构建我的外壳，就已经耗尽了所有心力，里面空无一物，既不有趣，也不乏味，只是什么都没有。

我笑了笑，说："是啊，下班我得回学校看书呢。"

下班后，我照例买了可乐，一边喝一边往外走。没想到莫楠会在门口等我。

"嗨。"他冲我打招呼道，"下班啦？"

我不知道他是在故意等我，还是我们又碰巧遇到了。

"有空吗？"他问我，"要不要一起吃饭？"

不知道为什么，我没有拒绝，点了点头。

我以为他会带我去餐厅或者至少也是个小食店吃个晚饭，结果我们坐公交车一直坐到一个荒凉的小镇上，我差点以为他是人贩子，想要中途下车。

"就是这里了。"他看上去对这里很熟悉，"以前读书的时候，经常跟朋友来这里烤烧烤，上个月我们还来过一次，工具应该都在。"

我望了望周围，这里远离市中心，一片灰蒙蒙的，还有田地，种着些不知名的菜，不远处有个大桥，桥下的河水很浅，有点干涸了。

"走，先去买菜。"莫楠对我说，"这里菜市场卖的菜都是农民自己种的，特别新鲜。"

我们买了一些蔬菜，还有肉，让人帮我们加工好，就往他说的那个秘密基地走去。

"对了，你今天不用去打工吗？"莫楠拍了拍脑袋，突然想起似的，"我把你带到这么远，回去估计得半个小时。"

我笑了："今天休息一天。"

我们到达那个破烂的房子，从里面搬出烤具，移动到大桥下，生火烧烤。他动作很熟练地翻动着烤串，刷油、撒孜然、涂辣酱，过了会儿，递给我一把烤好的食物："尝尝。"

我咬了一大块肉吃起来："好吃。"

他笑了。

我们并排坐在石头上，望着桥下的河水吃烤串。莫楠讲着自己的职场烦恼，有同事嫉妒他的工作能力，最近一直给他各种小鞋穿，领导本来想给他升职加薪，但无奈空降了一个大老板的侄子到部门，领导左右为难，既不想得罪大老板，也不想委屈了莫楠。

　　"生活真难啊。"他长长地叹了口气，"以前以为只要努力就好，可发现光是努力还远远不够。"

　　莫楠转头看向我，问："为什么觉得你一点烦恼都没有？"

　　我正好吃完手里的烤串，掏出纸巾擦了擦嘴，说："可能我有特别的解压方法。"

　　他好奇道："是什么？"

　　我眨眨眼，不知道该不该告诉他，毕竟吃了他的烤串，他人看上去还不错，虽然我不喜欢听他那些无聊沉重的生活。

　　"幻想。"我说，"只要想象力够强，就能带你离开现在所在的世界。"

　　他怔了怔，眼里闪过一丝奇怪的神情。

　　我站起身来，对他说："我要回去了，你住哪儿？"

　　莫楠说："你先走吧，我再待会儿，明天我休假。"

5

　　小梅的好友越来越多，说来奇怪，不知道是我给她的人设有问题，还是这个世界上有问题的人太多。不知不觉，来找小梅聊天的几乎都是倾诉自己的问题的。什么家里老婆跟人跑了，觉得既伤心又没面子，自己说了一大堆，最后还不忘给小梅发一个红包，感谢她花那么多时间听自己唠叨。还有想和小梅线下见面的，如果合适愿意帮她赎身娶她回家当老婆。

送外卖的年轻人最近又找了个活儿，虽然钱没送外卖多，但他觉得有发展空间，每天还西装革履出去见客户，他觉得现在过得很开心。

他问我："小梅，你要不要考虑换个工作？我们公司最近在招前台，工作都不难，主要负责公司门面，你长这么漂亮，我觉得你可以试试……"

我回复他："谢谢，不过我还欠经理钱，暂时没法离开。"

他又发来信息："那等我有钱了，帮你还钱，你就可以重新找份工作了。"

我揉了揉眼睛，盯着手机屏幕，心里一阵茫然。其实有很多时候，我觉得自己就是小梅，或许小梅才是我，那个每天按时上课去做兼职的普通大学生才是我想象出来的生活。

但没多久，这个年轻人就从网络世界消失了，他没有再回复过我任何一条信息，他的动态也没有再更新，他的最后一条动态是：被骗光了所有钱，现在的我一无所有……

他就这样消失了。

我给他发送了好几条鼓励的留言，他都没有反应，或许他已经回老家了，也或者他觉得没有脸再去面对小梅。

寝室里的室友们都已熟睡，空气里只有均匀健康的鼾声。

我躺在床上，突然觉得一切都索然无味了。

从那以后，我没有再登录过小梅的账号，我头一次发现，原来在虚拟的人生里，也一样会难过伤心，所以我选择放弃了小梅的全部人生，放弃属于她的痛苦。

只是在快餐店给客人挤冰淇淋时，总会恍惚想起那个年轻人，他此时或许正落寞地走在街头，不如意的日子什么时候才会过去？谁也不知道。

期末考试结束，室友们决定去吃自助烤肉。

"嘿，大忙人一起去吧。"室友对我说，"一年到头也聚不到一块，这次给个面子呗。"

于是我收拾东西，跟她们一起去烤肉店。

她们一边走一边聊天，内容很多都是我不理解的。比如谁和男朋友又分手了，我脑子里闪过的念头是：啊，原来她竟然谈恋爱了？

我就这样游离在她们之外，一路到了烤肉店。

看着烤盘上吱吱作响的五花肉，我想到和莫楠吃的那顿河边烧烤。虽然我以一个虚假的身份和他共进晚餐，但那一刻，我觉得我比此刻的自己更加真实。

我的手机收到一个提示短信，我打开来划动了几下，发现小梅的账号因为内容不健康被平台封号了。

"肉烤好了，快吃。"

室友们说完，拿着筷子蜂拥而至，很快烤盘上能吃的东西全部没了。我放下手机，觉得大脑一片空白，心里莫名地惆怅。

这不是我第一次被封号，何况我本就没打算再用，大不了重新注册新账号，再给自己重新虚构一个新的人生，可我脑子里突然想到那个说着等赚到钱要帮我还钱的人，想到因为老婆跟别人跑了而患上抑郁症还担心我过得好不好的大叔，想到一本正经劝我回头上岸重新找个正经工作的热心网友们……

虽然我藏在一个虚假的身份后，却感受到了真实激烈的情感。在这样的伪装里，那些厄运、损失和痛苦，也跟我隔着安全的距离。如果账号没有被封，只要我愿意，我就还能再次去体验，可账号被封，则意味着属于小梅的一切真的彻底都没了，即使那个年轻人回复我信息，我也无法再看到。

原来维系着人的，是对另一种生活的幻想。

6

吃完烤肉，我们并肩走在街上。街道不宽，如果有人要过路的话，必须得让我们让让，我很自觉地放慢脚步走到了最后，让出了一个让其他行人可以通过的位置。

我双手插在兜里，听着前面室友们嬉笑的声音，突然觉得一切都是那么吵闹。我转头往周围看去，我们现在正经过学校后门的一条美食街，夜幕降临，各种摊贩会在这里摆摊，摆满各种吃食，任出来的学生们挑选。

"嘿，吃不吃变态辣烤翅？"一个室友回过头来问我。

我笑着摇了摇头。

她们便往一个小摊前走去，看得出来她们经常照顾烤翅的生意。老板瞧见她们，远远地就和她们打招呼道："今天要几串？"

"一人两串，八串吧。"

"六串！只有我们三个人吃啦。"

我好像听到一个熟悉的声音，我朝她们围着的方向看去。

我看到莫楠穿着短袖，头上缠着一个头巾，正在麻利地从脚边的桶里拿出一把烤翅，放在炭火上。他的脸因为炭火的热气微微发红，他顺着室友转头看我的视线看了过来，脸上生意人的笑容在看到我的那刻顿了顿。

我们就那样四目相对，在一群闹哄哄的人群里。

我以为那会是我和莫楠最后一次见面，没想到第二天他会到我打工的快餐店，主动约我吃饭。

我想到昨晚他站在烟雾缭绕的烧烤摊前的样子，我说："我请你吃冰淇淋吧。"

我用员工折扣买了两支冰淇淋，因为是我自己挤奶油，所以奶油顶被我挤得非常高，我递给他："你还没吃过店里的冰淇淋吧，特别甜。"

我让其他同事帮我代班，陪他聊了会儿天。

莫楠说他大学毕业后一直没有找到工作，便在这附近租了房子，但每天还是会按时拿着公文包出门，像其他白领一样来快餐店买一杯咖啡，到了下班时间去公交车站站一会儿，看那些白领下班的样子。然后到了晚上，他再去烧烤摊摆摊卖烤翅。

"我觉得我有一天，会找到一份写字楼里的工作，成为一个真正的白领，拎着公文包去自己的工位。"他舔了口冰淇淋，嘴角沾上奶油，"现在的我就像一个预备演员，总有一天我可以登上舞台成为我自己的主角。"

我很快吃完了手里的冰淇淋，觉得嘴里甜得发腻："那找到工作以后呢？"

他似乎没有明白我话里的意思，愣愣地看向我。

"现在的你还可以幻想成为一个白领，等你成为以后呢？"

他可能没有想过这个问题，陷入了茫然的状态。

我并不期待得到他的回答，拿出纸巾擦了擦手，站起身来："祝你好运。"

"那你呢？"他突然问道，"你为什么要骗我你晚上在便利店打工？"

我转过头，笑了笑："我也不知道，大概有病。"

从那以后，莫楠没有再来过快餐店，我因为不去学校后门的美食街，所以也无从得知他是否还在烧烤摊打工。

我依然每天按时上课，下课后去快餐店报到，做着机械般重复的工作。下班后，我没再买可乐，以前喜欢喝可乐，是因为它的二氧化碳和甜腻的口感可以刺激我的味蕾神经，把我从日复一日枯燥的生活里唤醒，成为我每天的快乐甜心。但现在我好像不太需要了，自从小梅的账号被封后，我也没再注册新的账号。

我又走到那个熟悉的公交车站台，排着长队的人群里没有看见莫楠的身影。或许他已经找到新的工作了吧，开启了新的生活。

　　远处夕阳西下，落在两栋楼宇之间，橘色的光芒洒落在树枝上、街道上、头发上。我看着夕阳，闭了闭眼，感受它的余温，就这样吧，只要还能欣赏落日，就能一次又一次鼓足生活的希望，继续活在这荒诞的人世间。

34 岁
母爱的困惑

1

刷了一夜的租房信息，睡晚了，结果天还没亮，客厅里就传来一阵噼里啪啦的声响。

我从昏沉的梦里挣扎着醒来，看了眼床头柜上的手机，早上六点。我翻了个身，继续睡。因为我知道，只需要再忍耐十分钟，声音就会消失。

母亲每天早上六点就会出门散步，她知道我上班时间，但还是故意弄出极大的动静，来宣告她出门了。不出意外，她会在七点钟钻进一家菜市场，和其他同年龄段的大妈们哄抢清晨新鲜便宜的蔬菜，开启她一天的生活。

闹钟七点半响起，我起床洗漱，出门上班。三年前，我遵照母亲的意愿考上了事业单位的编制，本来以为工作会很清闲，没想到每天忙到脚不沾地，好在晚上回家有热气腾腾的晚饭等着我。

"哎呀，真羡慕你呀，回家就有晚饭吃。"同事总这么打趣我，"太累了，我每天回家就点个外卖应付。"

回到家，母亲正在看电视，见我回来，起身去厨房端出饭菜。我坐下吃饭，她突然把筷子伸到我手边敲了敲，虽然下手不重，但还是把我吓了一跳，我抬起头看她，她一脸严厉，说："让你吃饭筷子别握那么近，万一有人坐你旁边，不就被你戳到了！说你三十多年了，还没点记性！"

我心想，都三十多年了，您还没放弃，可真锲而不舍，就是浪费了地方。我把筷子往下移了移，没有吭声。

母亲坐下，终于开始吃饭。

吃到一半，她起身开始收碗："吃吃吃，一天就知道吃，你现在胖得跟头猪似的，还好意思吃。"

我放下筷子，擦了擦嘴，不吃了。

三十岁后，大概因为新陈代谢下降的关系，我的体重一路飙升，已经胖了二十斤。这对于我妈而言，是场灾难，叮嘱我减肥的事从未停止过。

"本来就丑，现在还胖，更没男人要了。"

"你胖成这样，我都不好意思让人给你介绍对象！"

"你哪里来的脸每天去见你同事啊？"

……

我听着没说话，心想现在嫌我胖，以前还干吗每天逼我喝炖汤？我进了卧室，"砰"一声把门关了，反锁。

我在自己卧室里安了个投影仪，躺在床上就能看看剧或者看电影，很多年前开始，我和母亲两个人就不再一起坐在客厅看电视了，没办法，看不了半个小时，我们就能吵起来。

我从床头柜下翻出一包牛肉干，一瓶比利时啤酒，选好电影，开始夜宵时间。吃完肉干，喝完啤酒，我拿出垃圾袋装好，藏到了床底下，打算明天早上上班的时候顺带拎出去，要是被我妈看见，少不了一顿痛骂。

我拿起手机，又打开了租房页面。没想到现在房子这么贵，随便一个一室一厅的小公寓就要两三千块一个月，房子都是按季度交，加上押金，没个小几万，要租房想都别想。我叹了口气，放下手机，望着天花板发呆，到底要不要搬出去住呢？

2

我和母亲的关系一直不好，小时候是被她按在地上打，每天不被骂都觉得跟捡了一百块钱似的开心，那时候我总想着等长大了我一定要离她远远的，远走高飞，逃离魔掌。

可说来奇怪，大学那四年在外地，每次她给我打电话，却又莫名地想她。

"我这学期拿了奖学金呢。"我说，"我给你买了条裙子，回家带给你。"

"买什么裙子呢！你那欣赏水平买的裙子我都穿不出去……"

对于她的各种打击，也不知道是习惯还是麻木了，小时候要是听她这么说，我能哭上半小时，长大了虽然听着也烦，但没那么容易哭鼻子，听着就听着，反驳了起码还能再说一小时。

用我那死去的老爸的话说就是："她也是为你好，只是表达的方式不对，她要是不爱你，就不会省吃俭用还给你买房了。"

我大四那年，母亲在老家用我的名字买了一套新房，说是方便我以后住。其实她就是想让我回家待着，可我已经打定主意要在外地找工作，她因此气得几个月没有跟我说过一句话，直到我爸突然去世。

脑出血，人送进医院的时候身体都凉了。

那时我二十一岁，根本来不及反应，觉得跟做梦似的，不敢相信我已经是没有爸爸的人了。我妈倒是挺坚强，哭了一阵后就立马恢复，然后联系火葬场、墓地，应付各种亲戚朋友，等所有人走了，只剩下我们两个人后，她全身紧绷的弦才猛地一松，显示了一个四十多岁女人的疲态。

我发现她头发里多了几根白丝。

我想要毕业后去外地的想法，就这么被硬生生憋在了肚子里，然后随着时间的拉长开始发霉腐烂，最后被彻底消化掉，我拿着所有行李回到老家，也不知道是出于良心终于安稳了，还是怎么地，反倒松了口气。

因为父亲的去世，起初我们相安无事了一段时间。她情绪不稳定的时候，握着我的手说："以后就剩我们娘俩相依为命了，唉。"

我不喜欢听她这么说话，心里很烦，但又不忍心把话说重了，于是干脆什么也没说。

回老家的第一件事，她就让我考个有编制的工作。说实话，哪里有那么好考，刚高考完没几年，又考试，我光是看着密密麻麻的习题本就脑子疼，何况我一点也不喜欢那些工作。没听她话，拿着简历面试广告公司、文化传媒公司之类的工作，最后进了广告行业。

广告行业的工资还行，就是加班多，每次加完班回去，要是遇到她还没睡，总是会先唠叨半天："你这什么破公司哦，天天加班，当初让你考个编制你不听……"

加完班回来本就烦得要死，听她这么一说，我当场就怒了："要不你开个公司让我上班去？"

"你怎么说话的？"她的声音一下提了起来，"有跟自己妈这么说话的吗！"

前几年，大概是我们俩都吵累了，每天下班回来后，我们都互相不说话，她看她的电视，我吃我的饭，吃完洗澡回卧室躺着，一天就这样过去了。虽然同处一个屋檐下，但我们彼此之间更像室友。

每次听到朋友或同事提到自己和妈妈之间的日常，我都接不上话，我和我妈已经好多年都没一起逛过街了，一出去准闹矛盾，想来以前和她逛街也是年纪小还没有自主选择权，纯粹是逼不得已。

我和我妈的关系，就是这样，两看相厌，但要说不住一块儿吧，也挺难的。

3

我在每家公司工作都干不过三年，性格使然吧，每次我都兴致勃勃进入新的公司，总觉得可以有番大的作为，结果临到头了，升职加薪总是没我的份。

人在年轻的时候，总是会有无穷无尽的自恋幻想。觉得天生我才必有用，觉得世界为我而来，诸如此类，只是年轻的时候都不信那只是幻想。毕竟还是有少数的幸运儿最后把幻想变成了真，然后用自己的故事去感动下一批年轻人。大多数人都误以为自己会成为分子，不过谁会一开始就觉得自己是个分母？

不温不火地做着相同的职业，偶尔接点私活，一年到头算下来拿到的钱不算少，只不过我用得更多，所以根本没法存到什么钱。

有一年，也就是我二十八岁的样子吧，我打算和几个朋友合伙出来开个公司。母亲听了，一脸轻蔑："你可别把你那点嫁妆赔得精光。"

我心想："我又没打算结婚。"话当然没有说出口，否则我们又会因为结婚这件事吵一架。

任何事情都能成为我们矛盾的导火索，在她面前我能闭嘴就闭嘴，这已经是我下意识的相处方式了。

为了找个便宜的办公场所，我们最后定了一家互联网产业园，入驻的第一年免租。不过那个地方离我家远，方便起见，我和一个合伙人在附近租了两室一厅的房子住。

听到我要创业并搬出去住，母亲跟我又吵了一架。

"你也不先掂量掂量自己有没有那个本事，家里有房不住还租房，没赚到钱先学会花钱了！"母亲念念叨叨，一边数落我一边从厨房端出饭菜。

我盛好米饭，闷头吃饭。早料到被说了，反正再过几天就要离开这个令人讨厌的家了，她以后爱说谁说谁去。

我从网上叫了个搬家公司帮我搬行李，其实就两个箱子，一些常穿的衣服和要用的东西，以后要用到的等有时间了再回来拿。

母亲没出门，盯着搬家公司的人上门，大概是意识到我真的要离家独自生活了，她走过来拉了拉我的手，说："自己小心点，跟别人一起住爱干净点，别一天邋里邋遢，多做点家务，免得室友嫌你……"

心里刚软下去的地方，又重新变硬起来，我说："知道了。"然后跟着搬东西的人一起出了门。

坐在车上，拿出手机，发现母亲转了两千块钱给我。我没有收下，把手机放回包里，看着窗外，轻轻叹了口气。

创业确实很难，我和朋友艰难维持了一年，公司就倒闭关门了。跟我合租的合伙人打算搬回去住，重新找了工作，打算老老实实回去当个打工仔。一年时间，不仅没有赚到什么钱，而且请员工们喝奶茶吃饭之类的开销，都是我自己用存款垫的，算下来我的存款也缩水了一半，如今的我没有别的选择，只能重新回家和母亲一起住。

我创业失败的事情，自然没逃过她的一通痛骂。

"早就跟你说了你没有那个金刚钻一天乱揽什么瓷器活！你看看你高中班上成绩比你差的同学，别人现在考了老师嫁了人，生活得多滋润！就你一天天不懂事只知道混日子！我看我这辈子都苦不出头了……"

我沉默地把搬回来的东西收拾好，回到久违的卧室，虽然母亲的话仍旧难听，但在这个不到十平方米的小房间里，我找回了一点安全感。我闻着房间里熟悉的味道，眼泪无声地流了下来。

4

创业失败后，我在家里没闲几天，就重新找了新工作。

但不知道是创业失败的阴影还是母亲那些预言我毫无能力终将失败的话成了真，我开始干什么都提不起劲来。每天按时上班、下班，回到家就回卧室干自己的事，周末和朋友不时出去吃个饭什么的，其实还是跟以前的生活所差无几。但我知道有的东西变了，坐在公交车上我脑子里不再对未来有着无穷无尽天马行空的幻想，更多的是茫然和空，什么想法都没有。

有天在公司，接到医院的电话，说母亲在大街上晕倒了，我急忙请假去医院。

躺在病床上的母亲看到我后，眼睛红红的，但没有说话。

护士说母亲是高血压，平时饮食要注意点。

看着躺着的母亲，我突然有点无措，不知道该怎么和她说话，只能问她："要不要喝水？饿不饿？我去给你买点吃的。"

长年累月的隔阂和冷战，让我们两人之间的氛围在此刻变得很奇怪。好像是分离二十多年的亲人，今天突然相认，彼此还在熟悉对方的习惯和面容。

母亲摆摆手："吃不下。"

但我还是出去给她买东西，我不喜欢病房里的味道，更多的是不自在，不知道待在里面做什么，医院附近没什么商店，我走了十几分钟去了一个市场，买了几斤水果。

"车厘子有三十多一斤和五十多一斤两种，你要哪种？"老板问我。

我指了指五十多块钱一斤的说："这个。"

回去的路上，给她打包了一份卤肉饭和一份清粥小菜，方便她挑选。

进到病房，她已经睡着了。我便问旁边病床的家属借了个碗，去洗车厘子了。再回去的时候，听到母亲和同屋病人聊天。

"你女儿对你真好啊，买那么多车厘子，好几十块钱一斤呢！"

"好个屁，都这么大了还不结婚生孩子，每天都在瞎混。"

我推开门的动静，及时让他们结束了这场谈话。

"我晚上就能出院了。"母亲说。

我拿着水果给同屋的病人散完后，看了眼输液瓶里的液体："那我下班后来接你。"

"不用了。"她说，"输液哪里输得到那么久，下班你直接回家，我待会儿一个人走。"

"那我留下来等你吧。"

"让你别等了！"母亲突然提高了音量，"你这个工作才上几天班，试用期没过呢就知道请假……"

我皱了皱眉，站起身来："行吧，那我回去工作了。"说完转身就走。

回去的路上，我一直心不在焉。当时的我快三十岁了，没谈恋爱刚找到新工作，对于未来一片茫然，只是医院肃穆的氛围总是能令人多思考一下人生，比如当父母都渐渐老去该怎么办？

父亲去世的时候太突然了，没有容我思考这些的时间，后来一直跟母亲在拉锯战里熬着，本来以为是件没有尽头的事，但谁知强势的母亲也开始衰老。

不，衰老一直发生着，只是没有明显到被我看见。

5

母亲昏倒，加上新工作也没给我带来多大热情，渐渐地，我突然觉得可以接受母亲那些毫无建设性的唠叨，比如考个事业单位的编制。一开始抱着心态试试，毕竟不是想考就能考上，第一年果然没考上，有了第一年的试水，第二年似乎失败也理所当然，结果最后考上了。

母亲知道后，还是一如以往地打击我："早让你考了，要是当初听我的话，你现在那么多年的工龄也不至于还是个基层小员工了……"

从一开始的愤怒，到如今我已经没有心思和精力跟母亲较真，更多的是一种无力感吧。回首这些年，虽然我一边厌恶着母亲对我的控制，一边却不自觉地朝着她为我设定好的人生轨道滑下去……

或许是过了三十岁，当大多数同龄人都已经结婚生子或者事业有成，而我还是十年如一日地过着自己不温不火的生活，相比之下确实令人着急。就像一部电影，观众总期待着看到起承转合的剧情，结婚生子发财都是人生剧情的高潮，而我的人生电影就显得太过平淡了，不怪周围的观众们都为我着急。

"怎么三十多岁了还跟个小孩似的？"

"都三十多岁的人了，你妈妈也老了，该懂事成个家了。"

…… ……

进入如今的单位，周围人都给我介绍同是体制内的同事。在他们眼里看来，同样身为体制内的我终于匹配得上体制内的其他人了。但一连介绍了好几个，都无疾而终。我没有恋爱的兴趣，可能是天生少了一根恋爱的神经，就像我对榴梿、跑步、恐怖片不感兴趣一样，如果非要尝试好像也行，但我这种吊儿郎当的态度是不可能吸引到他人与我恋爱的。

即使是控制欲爆棚的母亲，对此也无能为力，她总不能替代我去恋爱结婚吧，渐渐地，她也不再提这件事，我们两个继续像从前一样生活。

她退休后，有自己的生活节奏，我跟她一样都不是朋友多的类型。可我消磨时间的事情很多，追剧追小说玩游戏，以前会在网上报名参加一些户外活动，比如夜跑、结队看独立电影、爬山……现在的我，只想待在家里，一个人待着，谁也别来打扰我。

我周末双休，那两天时间母亲基本都会出去打麻将，直到晚上才回家。有时我会想，她是不是在故意避开我。以前周末，我每次还没睡醒她就要进我房间催我起床吃早饭，我说我要睡觉，她就开始念叨不吃早饭的各种害处。

"我要睡觉！"我翻个身，火气很大地对她吼道。

结果她把早饭给我端到房间里，让我吃完再睡。

我很讨厌这样，但还是会耐着性子把早饭吃完，重新再躺回去，却再也睡不着了。午饭和晚饭也必须要吃，有时候想想觉得挺可悲的，我连吃饭这件小事都做不到自由。

不知道是不是因为在吃饭这件事上母亲对我的强烈控制欲，大学四年我曾有过一段时间的暴食症。我每天都会吃进远远超越自己平时食量的食物，尤其热爱蛋糕、奶油等甜腻腻的碳水化合物食物。白天还好，一到晚上，我就忍不住离开宿舍，到外面的小卖部买一大堆零食，黄油面包、牛角包、堆满奶油的小点心、薯片、酸奶、烤肠……然后拎着袋子找一个人少的僻静处，坐在角落里专心地把食物吃完，一般吃到第二个面包的时候我的胃就发来饱了的信息，可我仍旧停不下来，如果不吃掉这些东西，我觉得我会很难受，可是吃完也很难受，每次都撑到不行，再一个人回到宿舍，躺在床上开始懊恼自己吃这么多，可是到了第二天又会重复。

想到小时候，母亲总是控制我的饮食。我出生的时候，有八斤重，是个十足的小胖子，五六岁的时候母亲送我去学舞蹈，每次我一跳舞就会被周围的同学取笑。

"好像一条毛毛虫啊！"有同学这样嘲笑我。

我不想去学跳舞，母亲就会对我破口大骂，甚至扇我巴掌："你胖成这样一天还只知道偷懒！以后长大了看谁想娶你！"

我就这样学了两年的舞蹈，后来因为学校的课业太忙，母亲主动暂停了我所有跟学习无关的活动。可能是因为长大了，我的个子一下蹿高，也彻底摆脱了胖子的称号。

但大学里，因为暴饮暴食，我胖了二十斤。

寒假回家，母亲见了我明显圆润的脸，我以为她会骂我，但她什么也没说，只是每个月给我的生活费明显减少了。

父亲去世后，我的暴食症自然好了，体重恢复从前，因为开始上班，经常加班熬夜，我反而越来越瘦，每次回到家，母亲都以为我没在公司吃饭。

"你看你瘦成什么鬼样子了！"

那段时间，母亲给我炖了很多养生汤，每天晚上我下班回家，她都得盯着我喝完才去睡觉。

为了不长胖，我开始偷偷节食。早上照常吃饭，但中午在公司我只吃沙拉或者不吃，到了晚上喝杯酸奶或者买份超市里的鲜切水果。这样晚上回到家里，喝母亲熬的那些油腻的汤水，心里就不会有什么负担了。这几年我体重又开始上升，她又非常顺其自然地管制起我的饮食。

大学四年的暴食，大概是对母亲的一种无声反抗吧。终于可以随心所欲地吃任何想吃的东西了，可奇怪的是我并没有得到想象中的快乐。我不愿承认母亲是正确的，否则我那些年的抗争和叛逆都是一场没有意义的堕落吗？

我很讨厌母亲，但无法否认的是，她是爱我的。就像我也无法否认，这么多年来，我也一直在渴望着她给我的爱。

6

在如今的单位不温不火干了几年，即使再怎么劝说自己，也无法再继续干下去了。可我不敢辞职，辞职意味着和母亲又有一场激烈的争吵。

我设想了辞职以后的生活，肯定得先找个房子搬出去住，辞职后是肯定没法再和母亲同住在一个屋檐下了，估计她每天看着我也心烦。然后是考虑做什么，朋友开了一家烘焙工作室，生意还算不错，她希望我能过去跟她一起做这件事。以前在广告行业的经验，大概能帮上忙吧。不管怎么样，我觉得会比我如今的工作干得开心。然后呢？再远一点的事情我根本没法去想，因为想象不到。

周末，我跟着中介去看了一些房子，现在租房的价格比我想象中贵许多。便宜的也有，但舒适度也相应地大打折扣。在家里住久了，外面的房子再好都会觉得不方便。要重新开通无线网，按时缴纳物业费，买扫把拖把，家电坏了要自己联系人，还有一个人做饭……光是想想，就不由得叹了口气。

原来这些事情，一直都是母亲在帮我承担着。

看完房回到家，发现母亲今天没有出门打麻将，而是做了一桌丰盛的菜，我有点疑惑，今天是什么特别的日子吗？

"你下楼去买瓶橙汁回来。"母亲在厨房里冲我喊，"买两瓶吧！"

今天谁要来家里吃饭吗？

这个疑问在我拎着两大瓶橙汁回来时，看到家里出现的两个陌生人后，就明白了过来。

客厅里坐着一个跟母亲差不多年纪的阿姨，以及这位阿姨的儿子。

我愣了愣，把橙汁放在桌上，忍着没有发火。

母亲从厨房出来，若无其事地端上最后一盘菜，催促大家上桌吃饭："开饭了，快来吃，不然待会儿冷了。"然后看了我一眼，"去厨房盛饭，眼里一点都见不到活吗？"

挺久没见到母亲这么兴致勃勃的样子，我忍耐着没有说话，去厨房盛饭了。

母亲给我介绍着阿姨和阿姨她儿子，阿姨对我热情地笑了笑，阿姨的儿子则跟我一样，都有些尴尬，更多是一种不情愿。

我心想，不情愿你还跑来吃什么饭，估计是个妈宝吧。这样想着，又觉得自己在对方眼里估计也是个妈宝。心里叹了口气，埋头吃饭，把桌上母亲和阿姨的谈话努力隔绝开来。

吃完饭，她俩准备留点时间让我们单独相处。我实在受不了了，回自己房间拿了包，对他们客气道："我约了朋友，下次聊啊，再见。"

我迅速闪出了门，可以想见母亲和那位阿姨的脸色，但我光是做到这些就已经竭尽全力了。

并没有什么朋友可以约，一个人去咖啡馆待了半天，直到晚上确定母亲差不多上床睡觉了才回家。结果打开门，发现客厅还亮着灯，我心里涌上不好的预感，但还是硬着头皮进了家门。

母亲坐在沙发上，没有开电视，屋里静得令人觉得压抑。

我没朝她坐着的方向看去，感觉只要眼神对上，就不得不说话。不知道说什么，一说肯定吵架，与其如此，不如闭嘴。

我回到房间，换上睡衣，想要去卫生间洗漱，开门的时候朝母亲的方向瞥了眼，发现她在哭。

我愣住了，想要装作没看见，但又没法做到。我叹了口气，走过去，对母亲说："要不我们聊聊吧。"然后在沙发上坐下。

母亲擦了擦眼睛，看向我："聊聊吧。"

我说了白天被突然相亲的愤怒和不满，希望她以后不要再这样一声不吭就把相亲对象请回家，尴尬又掉价。

"你什么都不跟我说，我怎么你心里在想什么！"母亲一脸委屈，大概是好久没有这样看她，我发现她是真的老了，脸上的皱纹很明显，眉眼里也都是疲惫。"我还不是不想看着你孤独终老，你看你爸去世后我多孤独，连个说话的人都没有，你也整天都不跟我说话……"

我叹了口气："我根本就跟你没法交流啊，不管我说什么你都要否定我，那我还能说什么？"

母亲怔了怔，伸出手来握了握我的手："你从小到大跟我都不亲，跟个仇人似的。我刚生完你，你爸看了眼就去工作了，都是我一个人把你养大，你整夜整夜哭，我也跟着你一起哭。我说你胖还不是担心你，害怕你长大后没人喜欢，我都是为了你好。"母亲的眼眶红了，她握着我的手，像个被大人冤枉的小孩一样委屈，"你爸去世后，这个家里不还是我一个人撑着吗？你给我的钱我几乎都没有用，想要留着给你当嫁妆，你看以前让你考编制你不听，最后还不是考了，让你找个人搭伙生活也不是害你，你是我女儿，我会害你吗……"

母亲的手很暖，今天我们没有吵架，或许是都吵不动了吧，我们两个像疲倦的老人家，瘫坐在沙发上，她絮絮叨叨着关于我的一切，语气也不再像从前那般严厉，但内容还是没怎么变。

我挠了挠鼻梁，突然不知道该说什么了。

母亲哭了会儿，摸了摸我的手："好了，去洗漱睡觉吧。"

我站起身来，看了看她，说："那你也早点睡吧。"

洗完澡再出来，母亲已经回卧室了，我回到自己房间躺下，觉得非常累。

我不禁想象，如果二十一岁时我的父亲没有去世，或许当初我就离开这个地方了吧。或许这些年来不会跟母亲相爱相杀，也不会有这么多的无奈。可一晃眼十几年就过去了，如果我真的那么无法忍耐母亲，又怎么会一直和她生活到现在？我想不通，一开始就没想通过，到后来干脆不想了，随波逐流吧，该滑向何处就滑向何处。在这个世界上，我们是彼此唯一的亲人了，就算再不喜欢，我们也已经紧密到分不开了。

想到这些，无力感便深深从心里涌起。我起身打开床头柜下面的抽屉，拿出一瓶啤酒和一包花生，机械般吃着。

每咬碎一颗花生米，脑子里的茫然就少几分，这段时间靠着喝酒度过每个夜晚，酒精可以让人感受到一种扩大的愉悦，超出本身限制的自由，仿佛我不再被局限在这几平方米的小天地里了。最后花生米和酒精填满了我所有的疑问和困惑。

我把食品袋和空酒瓶用袋子装好，藏在床底下。手机发出一声提示音，是白天介绍房子的中介发来的，他又给我找了几套房子，说："姐，这些房子的价格比较符合您的要求，您先看看。"

我怔了怔，没有回复，关掉手机，重新在床上躺倒，盯着天花板发呆。酒精在身体里开始发挥作用，脑袋晕沉沉的，好像已经进入了另一个世界。

我不知道该如何是好，没有人喜欢吃苦搏斗，可我也不能一直躲下去。

25 岁
不想工作，也不想恋爱

1

凌晨一点的时候突然醒来，就再也睡不着。眼睛直碌碌睁着转了两圈，发现这样躺在黑暗里有种奇怪的安全感。这是一天中的第三觉，上午十一点睡了两小时，下午直接睡至黄昏，依然觉得困，无所事事的时候，睡觉可以暂时忘却烦恼。

没有工作，没有男友，没有像样可以继续维持废柴生活的存款。我今年二十五岁，也不是多么年轻的时候。

不知道做什么，在黑暗里翻身坐起，撩开窗边的窗帘，小区里其他房子的窗户都没有亮灯，所有人都睡了吧，或者也有人跟我一样，此时此刻醒来不知道要做什么。盘腿坐着，用手机刷了几遍朋友圈，又刷了微博，最后终于有了那么点勇气，打开银行客户端查了查卡里的余额。之前虽然有工作，但没有存钱的习惯，有多少用多少，所以在工作两年后银行卡里也只有一个尴尬的数字。没有继续找工作的念头，不清楚未来要做什么，每天睁开眼睛看动漫，刷剧，点外卖，一天只吃一餐，有时候可以连续几天不洗脸不洗澡。躺在床上，把空调开得很低，盖着厚厚的毯子，就这样把自己藏起来。

为什么会变成这样？我也不清楚啊。

大学时候还是个热衷于参加各种社团活动的积极分子，毕业后忙不迭地进入社会找了份在他人眼里还算体面的工作，离开家独自一人生活。出于工作性质的原因，常常加班，晚饭和同事在附近的小店里打发，为了晚点回去加班，总是选择要吃很久的食物。火锅，串串，麻辣香锅，也因为这个上班后皮肤越来越糟，发油长痘，加班熬夜后的脸色总是被人说没气色。

有天晚上加班到晚上十一点，其他同事都走光了，我一个人背着包在路边打车，因为是冬天才下过雪的缘故，地上湿湿的，我穿的鞋子又不防滑，没留神整个人就摔了跤，屁股狠狠地磕在地上。周围没人，我以很快的速度站起身，整个人有点蒙，发了会儿愣又继续在马路边走。我以为没事了，却在回家的电梯里突然后知后觉感到疼痛了般，一下哭出了声。

有次因为时间紧，没有及时完成项目的报表，被上司说了几句，要是换作以前我一定会特别难受自责，可是那天我心里却没什么感受，麻木地回复着"下次我会注意"，其实却完全无所谓的感觉。

我想，我大概还没有习惯成人社会的模式吧。以为只要拼命向前冲，就能到达目的地，结果在跑了很远很远的路后，才发现，呵，根本没有所谓的目的地啊。

有次，上了出租车，司机问我要去哪儿，我竟出了神，大脑一片空白。我要去哪里呢，每个人都确切地明白自己想要去哪里，想要结婚生子做个家庭太太也好，想要努力工作赚钱买栋大别墅也好，或者每天把自己打扮得漂漂亮亮尽快钓个金龟婿。可我没有任何的梦想，我并不知道自己到底想要做什么。我喜欢钱，却没有那种为了钱想要拼命努力的感觉。我所喜欢的一切似乎都还不够喜欢，我感到一张巨大的空虚的网朝我扑来，我无处可逃，我究竟是怎么了。

不考虑后果地辞职后，想着反正是夏天，暂时找到不用出门的理由，就安心宅在家里，一个三百多集的动漫，以为会看很久，结果一周的时间就拉到了底。放下 iPad 心里一阵长久的落寞。一个暂时支撑生活的东西就这样没有了。

突然想喝饮料，甜甜的液体最能治愈坏情绪。打电话给楼下的便利店，要了两瓶橙汁和可乐，我喜欢喝有软绵绵果粒的橙汁，冰箱里冻有冰块，用手指从冰格里抠出几块，放到杯子里，倒入橙汁。捧着杯子小心翼翼喝了一口，啊，真爽，之前的虚无感都通通消失不见。

我走到窗子边，边喝饮料边看着外面，现在正是下班时间，能看到小区的上班族回家的身影，还有背着书包手里拿着冰棍的学生。我旁观着这一切，包括我本身，人们的生活多么不相同，拼命往前奔跑，还是无可奈何被拖着一步步往前走，或者像我这样，上了牌桌后突然把椅子往后一退，撂牌走人的。想辞职就写了辞呈，无论公司怎么挽留，我都无动于衷。但那个真正的想要辞职的理由我始终难以启齿，唔，因为不想工作了，就是这样。

<h1 style="text-align:center">2</h1>

没有了社交活动，成了彻底的家里蹲后，除了吃饭钱没有其他的用处。房租、电费、网费这些早在辞职前我就一次性交了半年的。但是在吃上面花费的钱一点也不比过去少，会忍不住在网上买很多零食，会用手机看很久的外卖，最后寻找一家从没吃过觉得有意思的店下单。现代网络的发达，真是可以完全做到让宅男宅女不出门也能活下去。也不知道在家里究竟待了多久，我意识到这样下去我可能会死在出租房里。先是对生活的意志全部瓦解，再是终日浑浑噩噩的大脑崩盘，身体在终日 26℃ 的房间里最终化为一摊软绵绵的水。需要出门，这可能是我仅存的意志发出的最后的反抗信息。

又在床上看了半个小时视频，才拖拖拉拉去浴室洗了澡，换了干净的 T 恤和短裤，顺便把家里的垃圾带出去。走到大街上，才发现一些人已经穿起了长袖。空气里带着一丝凉爽的气息，我看到远处一个清洁工人哗啦啦摇着一棵树，上面黄掉的叶子就这样掉了下来。

原来不知不觉我已经度过了夏天。

也不知道为什么就对工作丧失了热情。有一天公司开会，坐在会议室里，看着那些说话的同事，不知为何突然感觉他们离自己好远，像隔了一层朦胧的雾气。怎么也听不进上司说了些什么，想要逃离那样的氛围，离开公司，逃得远远的。

终于有一天早上醒来，突然厌烦了去上班这件事，打电话请了一天假。出门走在大街上，看到周围的人，觉得和平时看到的景物完全不一样。我一个人坐在麦当劳，在吃掉第三个甜筒的时候做出辞职的决定来。

一个人在异乡，没有了工作，和同事们的关系也差不多画上句号。从前一直跟大学的朋友保持联系，但是辞职后就再也没有主动联系对方，面对电话和信息也总是敷衍了事，久而久之，连这层与外界的联系也没有了。

也有觉得寂寞的时候，但不想跟任何认识的朋友聊天，因为总会聊到"你为什么辞职不工作了"这个话题。实际上，自从辞职后，除了家里的几通电话外，我没再与任何其他人有所联系。

很偶然的，在一个帖子下面认识了一个网友，因为互相回复了几句，觉得聊得来便加了好友。得知对方没有工作是个家里蹲后，我像发现了新大陆一般惊喜。虽然是废柴，但也需要有同伴啊，看到有人和我一样没出息地混日子，心里顿时觉得好受许多。

在网上认识的这个人，我至今也不知道他的真实名字，但是看到他和我一样废柴，一样无所事事，算是找到一点安慰。原来不是所有人都在拼命往前跑，都跟打了鸡血一样忙个不停。也有人跟我一样，处在这样停滞不前的状态，不知道该把自己的人生安放在哪一处。

"突然就不想工作了，厌倦了吧，觉得做什么都没有意思。其实是因为压根不知道自己到底想做什么。"打下这一连串字的时候，我都不知道自己有没有表达清楚，对方能够明白吗？我们的心情是否一样？

　　"我压根就没出来上过班。"对方回复我，"大学四年几乎荒废，好多门课都不及格，差点连毕业证都拿不到，最后是家里花了点钱才拿到证书。我家算有点小钱，我爸让我去他公司上班，可我压根没兴趣，或者说反正我知道我什么也做不了，以后只能去老爸公司上班，然后就要过那种一眼望到头的生活，为了避免那一天太快到来，现在我选择什么也不做。"

　　为了避免那一天太快到来，现在我选择什么也不做。

　　看到这句话的时候，心里不是没有触动的。于我而言，要做废柴却不能心安理得这样过下去，可是对于努力这个词又完全提不起兴趣。我知道啊，只要我稍微改变一下，就能够回到正常轨道，也或许是因为知道只要愿意改变就能回到过去的那种生活，反倒不想挣扎地继续懒散下去。

　　我在等待那个想要重新开始的时机。或许是明天，也可能是一生。

3

　　眼看快要过年，辞职的事还是没有瞒过母亲，电话打来她没多说什么，只是让我早点回家。

行李不多，一个箱子就装完了这两年的东西。联系房东拿到押金后，我离开了这间居住了两年的屋子。没有衣锦还乡，灰溜溜地回到了家里。

母亲问我为什么辞掉工作，我事先想了很多理由，但最终说出口的还是"想暂时休息一段时间"。

"住家里可以，但每个月必须给我生活费。"

"嗯。"

二十五岁，母亲没有任何理由和义务再来对我负责，我的人生必须由我自己来承担后果。就连四十多岁的母亲都还在上班，每天劲头满满。我自己却像个提前退休的老人家，骨头松软地待在家里。

想着还是要找工作才行，打开招聘网站填了简历，海投了一批公司后，就躺在床上睡着了。醒来的时候已是傍晚，母亲在厨房里做饭，菜的香气飘进我的卧室，我听到母亲打电话的声音："啊，我也不知道怎么回事，二十五岁的人了，连个工作都没有，不知道要怎么办，我也懒得再管她了……"

可能是和某个亲戚说话。我感到一阵烦心，并不想继续待在家里，趁母亲不注意换了衣服就溜出了家。在小区徒劳地转了两圈后，发觉肚子饿了，我用手机团购了一家串串，心情不好的时候要吃辣椒才能抚慰，没去过这家店，想必是新开没多久，我按照地图的指示先坐公交车，然后走了将近五百米才找到那家店。我是第一个客人，店很小，只有老板和一个服务生。

我自己找了个位置坐下，去拿盘子选菜，其实只想吃肉。

不知道从哪本书上看到，说爱吃肉的人都意志力涣散，吃素可以提高人的自律能力。我到底是因为吃太多肉变成这样的，还是因为这样而开始变得爱吃肉，我也不记得了。

不知不觉吃了一大盘牛肉，又叫了一瓶冰啤酒，自斟自饮。过了会儿，人渐渐多起来，看他们的穿着打扮就知道是附近写字楼的上班族。热热闹闹坐在一桌，喝酒吃肉。如果换作一年前，或者半年前，面对这样的场景我一定会觉得特别不自在，一个人吃饭尤其是吃这种压根不适合一个人吃的食物时，只会觉得自己是异类想要尽快逃走。但现在的我没有，坦然自若地吃掉三大盘牛肉后，因为太胀走不动路，在位置上独自坐了很久才起身慢慢回家。

我不再着急去做任何一件事了，时间在我这里失去意义。我再也不用步履匆匆拼命往前赶，因为我没有想要去的地方了。

4

收到大学同学的结婚邀请函时，我正在刷牙，用手机刷着微博，微信里就跳出了一个信息。结婚邀请函用现在很流行的新媒体形式做的，点开后有漂亮的照片和好听的音乐。结婚啊，她居然就要结婚了。我抬头对着镜子看了看自己，二十六岁，还在为迷茫这种事伤脑筋，而其他同龄人已经开始迈向人生的其他阶段了。

从小时候起，我似乎就比别人慢一拍。小学的时候大家在作文里写着长大后要当明星、科学家、作家的时候，我就是个胸无大志的异类，我在作文里写，如果可以我想当一棵树，因为只要有自然的雨露就能存活，不用烦恼不用思考。后来在同龄女生都开始学着偶像剧里的女主扎头发穿衣服的时候，我还留着男式短发，穿着分不清性别的衣服，从来不穿裙子。等到我少女心才萌生的时候，周围的人已经开始有暗恋喜欢的对象，当她们中学就谈起恋爱的时候，我还只对动漫里的银时和鸣人感兴趣。高考时好朋友报了医药大学，她说她想成为医生，因为超级喜欢《恶作剧之吻》里的江直树，对男医生这种生物有种美好的幻想。而我，从来没有过自己想去做什么的念头，被高考啊大学啊这些东西推着往前一步步走而已。

终于，到了二十五六岁的时候，才迎来了迷惘的青春期，以至于没有工作的兴趣没有恋爱的兴趣，对所有的一切都感到乏味。

无论怎样，现在的我都不适合去参加这种活动。我编了个理由说自己很遗憾不能去现场，然后把礼金打给朋友。

头发似乎长长了些，对着镜子我用手随便弄了弄头，然后出门准备在附近转转，最后鬼使神差地走进理发店。

"帮我剪短。"我用手比画着，"差不多这个位置。"

像一场仪式。剪发并不是为了变得更好看，那种东西对现在的我来说没有任何用。但是剪发的过程中我像被什么洗礼般，感觉属于我的某一部分脱离了我，头发属于"过去"，剪得越短我离"过去"就越远。

我看着镜子中自己的新形象，心里再一次质问起来，到底还要等多久，那个"时机"才会到来。

　　因为无事可做，我把《银魂》重新拿出来看，我喜欢里面一个叫长谷川泰三的人物，他原本是幕府的入国管理局局长，因犯了错被幕府命令切腹，后来侥幸逃走，却成了一个没有工作家人离去的废柴大叔。也想打起精神去找份工作，出租车司机，便利店店长，电影宣传，可最终都以被解雇收场，被称为不折不扣的废柴。这样的他总是能说出令人心酸的台词："人啊，根据重新振作的方法可分为两种：一种是看着比自己卑微的东西，寻找垫底的聊以自慰；另一种则是看着比自己伟大的东西，狠狠踢醒毫无气度的自己。"我记得他说，人生若跌倒谷底，剩下的便只有往上爬了。可是，谁又知道最低谷在哪里呢？

　　现在是我的人生低谷吗？此后是好转还是要继续往下坠落？我不知道，我什么都不知道，没想到多年后我真的长成了一棵树，失去了自己的情感，对外界的一切刺激充满钝感，靠着越来越少的银行余额无所事事地生活下去。

　　走出理发店，路边正好开过一辆洒水车，因为来不及往旁边躲，被淋了一身水。有个小孩看到这幕毫无遮掩地哈哈大笑起来，身边的母亲冲我道歉。她身后是一棵树，枝头的绿芽被洒水车的水冲得发亮。

　　不知不觉，春天已经来了。

42 岁
单身妈妈向前进吧

1

前面的汽车排了一长串，身边的汽车里有司机打开了车窗，伸出手在窗边抖了抖烟灰。

车里的音箱播放着早间新闻，我靠在椅背上，闭着眼睛小憩。反正都迟到了，也不在乎这一会儿了。打开车载音箱连上手机蓝牙，接着听昨天没听完的考研音频。虽然堵车烦人，但我一天到头来只有这会儿可以独自待着，去了公司，一直到下班都是开不完的会，写不完的稿子，回到家又要陪儿子写作业，做消夜，等他睡觉了我才能洗漱上床。

昨天四十二岁的生日，我和儿子两个人在家过的，我点了他平日里爱吃的外卖，下班回家在楼下蛋糕店顺路买了个巴掌大的奶油蛋糕，我从很早以前就不再吃这些糖分过高的东西，但每年过生日还是会忍不住买一个，总觉得有生日蛋糕在，才能算是过了生日。

十一岁的儿子送了他拼了一个星期的乐高给我，还附赠了生日贺卡：老妈，万寿无疆！

我们吃完饭，他就回房间写作业了。我收拾完桌上的卫生，回到房间，拿了瓶酒出来，一个人小酌了一杯。

打开手机，看到朋友们发来的生日祝福，我懒得一一回复了，便拍了一张手里酒杯的照片，发到朋友圈当作统一回复："谢谢大家的生日祝福，在这里就不挨着回复了。"最后在结尾打了好几个爱心符号。

发送完后，我就把手机甩到床上，继续享受我的独酌时间。我现在坐在卧室飘窗的榻榻米上，当时装修房子的时候，我特地对设计师说希望能有一个舒服的小角落，是每天下班后带完孩子可以一个人坐着休息的角落，不被任何人打扰的地方。然后设计师就利用户型里本有的飘窗，做了这个两平方米的榻榻米，我买了柔软的坐垫和小桌子放在上面，这里成为我每天晚上睡觉前最喜欢待的角落。下面还打通做了几个抽屉，用来收纳物品。

在很久以前，我就对儿子说："即使家里只有我们两个人，在进入对方房间之前也必须先敲门征得对方同意，平时在未经允许下也不能随便进入彼此的卧室。"

或许是性格随我，在这方面我只叮嘱了儿子一两次，他就记下了。不像他的生父，也就是我的前夫，无论我说多少遍问题所在，他都可以充耳不闻。

六年前，我和前夫离婚后，儿子判给了我，我拿出所有积蓄和前夫给的赡养费，买了这套两室一厅的房子，和儿子一起生活。前夫和他现在的妻子住在我们曾经的家里，如果不是非常特殊的原因，我们应该这辈子都不会见面了。

我还记得离婚后，儿子在家里等我，他坐在打包好的行李旁边，一脸迷茫地看向我们。在前夫走向他之前，我抢先过去牵住了儿子的手。

"跟爸爸说再见吧。"我说。

前夫看了我眼，蹲下身抱住儿子，跟他说了许多贴己话，我不知道儿子有没有听明白。在离婚前我们带着儿子去心理咨询室做过家庭心理咨询，希望离婚这件事不会让他感到不适。咨询师说，坏的婚姻对孩子影响更不好，孩子虽然小，但其实他们懂得的东西一点也不比大人少，他们更敏感更纤细，谎言只会伤害他们，诚实地告诉孩子爸爸妈妈离婚了，但依然爱着他是最好的选择。

离婚前那段时间，我和前夫反而都变得特别平和，停止了争吵和互相看不顺眼。每天陪儿子吃饭、玩游戏、逛街，儿子也敏锐地感觉出我们的不同，他比我们想象中更聪明，很快意识到自己的爸爸妈妈将要分开，还手工做了一对玩偶送给我们。

带着儿子离开我们原先的家，我看到他哭了。

"那以后还能再见到爸爸吗？"他问我。

我轻轻叹了口气，告诉他："当然可以，你的爸爸永远是你的爸爸，就像我永远是你的妈妈。"

一开始，儿子每周都会去见前夫，但我已经无法再和前夫相处，所以每次都缺席他们的约会。后来前夫和现在的妻子有了自己的小孩，儿子便去得少了。我能明白他心里的难过和别扭，可我也不知道该怎么做，只能每天陪着他，不让他觉得孤独。

说来不可思议，在生孩子之前，我曾是个坚定的丁克，觉得小孩太浪费我的时间和精力，我没有能力成为一个好妈妈，可儿子的意外到来，虽然令我们都措手不及，但在这过程中我感受到了成为一个母亲的喜悦，当然也有烦恼。如果说当年的结婚是个失误，那么拥有儿子是我这辈子做得最正确的决定。

不是什么事都能够在预计中进行吧，没有无瑕的人生，大家都是有痛苦有快乐，各自参半，甚至痛苦的滋味总是更强烈些。

2

想到刚生完儿子手忙脚乱的样子，为了照顾他，我辞职在家里当全职太太。周边还有朋友羡慕我不用每天早起跟上班族挤早高峰，可以好好享受一下生活了。

我一点也开心不起来，为了生孩子我放弃了事业上升的黄金时期，巨大的落差导致我生完孩子后得了产后抑郁症。可身边没人理解我，觉得都是当妈妈的人了怎么一点都不懂事都不坚强，孩子哭了就应该哄，饿了就要及时喂奶，多少代母亲都是这样过来的，怎么到了我就不行了，婆婆因此在背后对前夫说我怎么这么矫情。

儿子刚出生时，特别喜欢哭，我怎么哄都没有用，难受得跟他一起哭。有一次被婆婆看见，她立马把孩子抱走，说我经常对着小孩哭会影响他的身心发育。可是我忍不住，换不好尿布会哭，奶水不充足会哭，儿子哭我也哭，各种芝麻大小的事情都能刺激我的泪腺，可我以前明明是个被客户刁难熬夜两天两夜改稿眉头都不会皱一下的人，被上司穿小鞋在公司里差点待不下去也咬牙挺过去的人，在大冬天和安装师傅凌晨四点还在现场布置展会也不会觉得累的人。但在带孩子这件事上，我连及格分都没达到。

虽然很难受，但还是要学会如何去做一个妈妈。在网上报了育儿课程，买了很多育儿书籍，一边带孩子一边学习。

每天一个人躲起来大哭一场，擦擦眼泪又去给孩子做辅食。

一边在厨房洗水果一边哭，橘子、番茄、橙子、鲜梨，全部切碎，扔进料理机搅碎，趁着机器的轰鸣声，哭一会儿，水果全部搅拌成泥状，加水稀释后，擦干眼泪，拿去给儿子吃。

还没学会说话的儿子，喝了一口，直接吐了出来，然后哇哇大哭。他不喜欢。连最简单的辅食也做不好的我，终于抱着他一起大哭。

后来他渐渐长大，我学会做一些更有难度的辅食。比如时蔬虾圈，先把虾肉用柠檬腌制十五分钟，准备西兰花、胡萝卜等营养食材随后切碎，把所有的东西都加入料理机打碎，放淀粉、鲜菇粉，搅拌均匀，全部放入裱花袋，在锅底刷一层油，把裱花袋里的食物以虾圈的形态挤入锅里，两面煎至金黄，就可以吃了。

后来这成为儿子最喜欢吃的一样辅食，因为他觉得虾圈的样子很好玩，喜欢把虾圈挨个套在手指头，然后一口一口咬掉，自己边吃边玩，全然忘我。

看着他吃得开心的模样，我终于长长松了口气，感觉比在工作中得到领导的奖赏更令我开心。

等他再长大一点，可以带他出去玩的时候，我敏感的神经终于慢慢开始变得松弛了一些。我自己去咖啡店喝东西，任他自己找个地方玩，他生性好动，好在不会大喊大叫叨扰旁人，不过也有惹是生非的时候，比如把别人的东西碰碎，我只好道歉赔钱，然后再教训他一顿。

每次按捺不住想要揍他一顿的时候，总是会想到各种育儿守则里的话，我告诉自己深呼吸，保持平静，可有一次儿子打碎了店里一个上万的古董后，无论我怎样呼吸也无济于事了。什么破育儿守则，那一刻我顾不得外界给我施加的好妈妈标准，把儿子揍了一顿，那时候我还没有离婚，儿子回家向前夫告状，说"妈妈今天打我了"，前夫在嘴上永远站在儿子那边，却什么也不会做。在我带孩子期间，他大概和朋友出去玩了一天吧。

儿子大概也渐渐感觉出了我们之间的不对劲，后来如果我再打他，他不会再向我前夫告状，而是抓着我的手大声哭喊或者求情。小孩子的适应能力比大人更快，他很快就自己发明了一套防打指南。其实我从来没有下过重手，只是想施加一点威力，按照他打烂东西的速度，我怕我们会倾家荡产。真正的亲人就是会有矛盾有争吵，也有相亲相爱的时候。慢慢地，这成为我们之间的默契，或许这也是儿子最后选择了我的原因。

3

我们离婚纯粹是因为两个人的生活理念差异太大，前夫是单亲家庭，从小和母亲相依为命，婆婆的控制欲很强，我们的婚房首付是前夫给的，但写的是婆婆的名字，结婚后我们一起还贷款，生完孩子，我想要卖掉婚房重新买个学区房，但婆婆怎么也不同意，除非新买的房子还是继续写她的名字。

前夫劝我答应婆婆的要求，那一刻我真的有点崩溃。不仅仅是因为房子，更多是没想到有一天自己会面临如此鸡零狗碎的事情，这跟我曾经幻想过的婚姻生活完全不一样。

我说可以只写婆婆的名字，但前提是首付我不出钱，未来的贷款我只负责一半，可没有我出钱，根本没法凑齐新房子的首付，事情就这样僵持了下来。直到我离婚，新房子也没有买成，不过我顺理成章地搬出了那套房子，拥有了完全属于自己的家。

说起来都是非常琐碎的事，但每件事情上我们都有各不退让的理由。

"母亲她年纪大了，就迁就一下吧。"前夫总是这样对我说。

一开始我也这样告诉自己，可是当自己的丈夫永远让自己的妻子去迁就、去妥协，而不是想办法站出来处理好妻子和母亲的关系，本身就是一种失败。

女人先是一个人，然后才是一个妻子。男人也先是一个人，然后才是一个丈夫，事情本来就是这样。我不想因为自己是谁的妻子，或者谁的儿媳，就牺牲掉自己作为一个普通女人该拥有的幸福。

我对儿子说："以后你要是有了老婆，一定要对她好，她才是你最亲近的人，会陪你一辈子的人。"

儿子不解道："那妈妈呢？"

我笑了笑："妈妈比你老这么多岁，肯定会先行离开的。"

在和前夫僵持了两年后，我们终于下定决心办理离婚。

因为很多年没有工作，我跟社会已经逐渐脱节。儿子当时五岁，马上就要上小学，对他来说是重要的人生阶段。我请了阿姨白天帮我照顾儿子，我一个人努力打着两份工，但即使我再怎么努力攒着每一分钱，也只够勉强支付儿子的学费和一日三餐的开销。

最难的时候，甚至在二手交易平台给儿子淘过二手童装，虽然是九成新，但我还是不想让他看出来这是二手的衣服，我小心翼翼把衣服拿给他试，我不知道他有没有看出来，他倒是很开心地换上，第二天穿着这件"新衣服"去上学了。这样勉强维持了半年，以前公司的同事找到了我，说他创业开了一个传媒公司，让我过去当主编。因为是起步阶段，薪资待遇低于市场水平，但当时的我没有别的选择，哪怕有一丝一毫的机会，我也会拼命抓住。

公司起步的第一年，我几乎没有休息日。既要采访写稿，也要审稿排版，跟设计师对接。周末休息的时候，只能一边陪孩子写作业一边写稿，有的时候出门采访都得带上他。

"妈妈，快陪我玩。"儿子说得最多的便是这句话，他用我给他的零花钱买了许多新玩具，家里地板上散乱扔着各种机械零件，他兴致盎然地摆弄着，没有发现我一脸愁苦地对着电脑屏幕。

我按压住内心的火气，不由得叹了口气，想到之前在育儿课上学到的那些育儿内容，在这个时候我应该要放下手里的工作去陪儿子玩游戏，为人母实在太难了，要随时保持一个完美母亲的形象，根本就不可能。我不可能像一个机器人一样去执行一个好妈妈的标准，我只是一个普通人，在生活的泥沼里挣扎的普通女人，也会生气，也会失落，也会难过。

"妈妈，你不开心吗？"儿子见我没有动静，终于意识到我的情绪，站起身朝我走来，趴在我的胳膊边，"妈妈，你别不开心，如果没时间陪我玩，我一个人也可以的。"

就是那一刻，我忍不住抱住儿子哭了起来。我已经很久没有在他面前哭过了，我不希望儿子变得过于懂事，让他变成一个小大人，我希望可以让他拥有跟别的小朋友一样无忧无虑的童年，我尽力了，所以在被儿子安慰的那刻，我觉得既感动又愧疚。

4

有时候我会想，如果我二十多岁就生了孩子，是不是就不会像现在这么累了？

　　有天早上醒来，发现自己来例假了，腹部一阵一阵地抽痛，压根起不来床，只能跟公司请假一天，在家里办公。儿子放假在家，一般这个时候我已经起床给他准备早饭了。

　　请完假后，我迷迷糊糊又睡了过去。再醒来，发现儿子站在床边。

　　"妈妈，我刚才敲过门了，你没有回答我，所以我进来了。"儿子奶声奶气道，"你不舒服吗？"

　　我一身是汗，但压根不想动弹，我伸手摸了摸儿子的头："妈妈睡一会儿就醒了，中午你用妈妈的手机点外卖吃吧。"

　　我又睡了过去，再醒来已经是下午三点多，身体终于缓了过来，我想打开手机看眼公司群里的消息，发现手机在儿子那里。挣扎着起身，走到客厅，发现儿子正坐在沙发上吃薯片。

　　"你怎么吃这么多零食？"我皱了皱眉，看了眼桌上的零食袋，有些生气。

　　儿子眨巴着眼睛望着我，可怜兮兮道："外卖没有送来。"

　　我拿过手机打开外卖软件一看，才发现儿子没有支付钱，他不知道我的支付密码，而我也全然忘记了这回事。

　　我走过去，摸了摸儿子的脑袋，问："你想吃什么？妈妈给你点。"

　　"红烧肉。"

　　于是我点了单，然后去了客厅的桌子旁，打开电脑开始工作。

那一天我有无数时刻都很想哭，但我都忍住了没哭。我甚至联想到之前看的一个社会新闻，奶奶去世孙子跟尸体过了一周，我很害怕有一天我生病或者出事，儿子会在家里饿死。以前没想过长命百岁，觉得今朝有酒今朝醉，想要的是肆意潇洒的人生。可有了儿子后，发现自己的软肋越来越多，担心自己身体不够健康，害怕自己活得不够长久，因为在这个世界上，还有人需要着我，我是他唯一的依靠。

如果我二十几岁生孩子，趁着身体素质好，可能带孩子就会相对容易一些吧。但话说回来，二十几岁的我根本就不可能生孩子。人生是有阶段的，每个阶段想要的东西都不一样，这是没有办法的事情。

有一次工作出差去外地，我让母亲过来帮我照顾儿子一周时间。那是我第一次离开儿子那么久，每天工作结束，我都会打视频电话过去，只要能看见他的脸就觉得一天的疲惫都消失了。

突然希望自己可以长命百岁，这样就能看见这个小不点是如何一点一点长大，变成长手长脚的大人，看见他选择自己人生里的工作、女友、妻子……他的任何一个决定，我都想要成为那个陪伴他的见证人。

5

其实离婚后最难的部分是钱，为了养孩子养自己我必须竭尽全力地工作。

以前也喜欢工作，但更多是享受那种状态，但我对于晋升和要把事情做到多大多厉害没有什么野心，我更享受创造的过程，我不想成为工作机器，也不想为了工作舍弃生活和家人。

有一次发烧，但工作上还有一个重要的会议要开。我去公司楼下买了感冒药吃，硬撑着开完会，回到工位的时候两眼一黑就晕倒了。

醒来后，儿子就在我身边，眼睛红红的，抓着我的手，很害怕的模样。后来护士对我说，儿子在我昏迷的那段时间怕得哭了很久，还求医生叔叔一定要救妈妈。

从那次后，我就开始有意无意向老板申请不要再给我那么多工作了。

"你难道不想多赚点钱给孩子更好的教育？"他很惊讶，"现在出国留学花费不低啊。"

我知道老板是为了我好，所以一开始也打着为儿子好的旗帜，勉强自己去做很多不喜欢的事情，四十二岁的人了，在一些人眼里估计都老得半截身子入土了吧，心里却还是较劲地想要继续某种状态。

上小学的儿子虽然成绩在班里不算太好，他班上有同学从学前班就开始进各种培训班，我因此也焦虑过，心想是不是需要送他也去学点什么。

我问儿子："你愿意去培训班吗？或者有没有什么想要学的东西？"

儿子摇头："我就想玩奥特曼。"

我不知道哪种教育方法更好，可我不希望他早早地进入一个竞争激烈的环境，从而抹杀了他这个年龄的天真。

"那如果以后你想上培训班，妈妈没钱你会怪妈妈吗？"我问。

他想了想，摇头道："不会。"

本来以为他是体贴我，结果最后发现他只是单纯地爱玩。

或许是有了儿子的话，我才能有底气对老板说："不需要，如果他想去国外读书，那他会靠自己的努力去的，而不是想着靠家里面的钱。何况比起成绩，我更希望他成为一个健康的孩子。"

我们大概就是一对低欲望的母子吧，但有了彼此的陪伴，我觉得好像也没什么大不了。

我还在家附近报了瑜伽班，只要有时间就尽可能去上课。上课的老师跟我年纪相仿，但她看上去年轻很多，说话的时候笑意盈盈，给人很舒服的感觉。

第一次上课，她见了我，就笑道："你平时很容易生闷气吧？"

我愣了愣，而后点头承认："是，因为不敢发火。"工作上不敢发火，面对儿子的时候也不敢发火，担心着会给别人造成不好的影响，久而久之，我变成了一个什么情绪都特别能憋的人。

她一边把我的双臂往后按压，一边纠正我的姿态："只要尽力打开腋窝，就能治愈抑郁哦。"

老师说胸腔扩展对于打开心轮有益，在我们遇到困难和情绪时，肩膀会不自觉向前，这样就会造成胸内陷。打开心需要在上背部做工作，首先尽可能打开腋窝，才能保持心的展开。

"只要胸椎内收就可以拒绝郁闷。"

听到这句话，我心里突然就豁然开朗了，快乐就这么简单吗？保持胸椎内收即可？

回家后，我把这个秘诀告诉了儿子，他出于好奇每天有事没事就扩展肩膀，打开腋窝，然后喊着："今天也是快乐的一天！"

是呀，快乐或许就是这样简单吧。

6

离婚后，周围的朋友和亲戚一开始都急着给我介绍对象。

"一个人女人带孩子太辛苦了，找个人一起分担吧。"

"我身边有离异的男性，你要不要接触接触？"

……

大家或许都是出自好意，但对我来说，在工作和养孩子两者间就已经耗尽了全力，根本匀不出私人的空间和时间，一想到恋爱要占据我多少精力，我就本能地退缩了。

与其再找个伴，我更想拥有一个完整的属于自己的一天，早上睡到自然醒，优哉地吃个早饭，看会儿书，下午出门逛逛街或者找个漂亮的小店喝喝下午茶，不用回复工作信息，不用担心孩子今天吃什么玩什么作业写完没有。一个完整的属于自己的一天，对我而言就是最奢侈最宝贵的东西。

要问一个单身妈妈会不会觉得孤独，我觉得不会，因为带孩子一件事就够充实我的生活了。比如下载做菜软件学习做一些从前没做过的菜，免得儿子只能吃外卖和一水的青椒肉丝；周末尽量不加班，带他去水族馆或者公园；跟他一起看书学习新的东西等，这些事情足以填满我所有时间的空隙。

或许等儿子长大离开后，我就会感受到孤独了吧，不过那是以后的事情了，就像有人问我，会不会觉得为了孩子牺牲了太多时间？这样的问题，已经不是我的问题了，而是那些还没有生孩子的女性的问题。就像问婚姻是否可以给一个人带来幸福的，往往也是未婚人群。

生命就像一条河，一直往前不断奔流，我们常常幻想未来会发生什么，会遇到什么样的人，遇到什么样的事，然而但凡是流经过的地方，就很少再会回头去望了。人都是擅长遗忘的。

"那你不打算再去爱人了吗？"朋友问。

"人不可能没有爱而活着，但爱有很多形式。"我笑了，"爱情的那份爱我曾经享受过了，发现仅此而已，我现在享受着别的形式的爱，或许有天还会遇到其他形式的爱，我一直都活在爱里，从没改变。"

最近喜欢看各种关于宇宙和星空的纪录片。几百年前的星星，几百万年前的星系，在那些浩瀚的星辰里不存在正确和错误，也不存在过去和未来。那些憎恨的热爱的，都不过是漂浮在宇宙里的微小尘埃。我们人类如此渺小，渺小到爱恨焦虑苦闷都变得微不足道。可是在这尘埃里，有我和儿子的家，想想觉得真不可思议。

纪录片结束，我起身去刷牙洗漱，擦护肤品，戴上眼罩，睡觉。

虽然我们微不足道，却因为爱而伟大。

39 岁
阴影不宜于找阴影结合

1

早上六点闹钟响起，起床，出门跑步半小时，回来冲澡，换上舒适的衣服做早餐。

三十岁前我从不吃早餐，直到一次胃绞痛差点要了我半条命后，我终于肯乖乖就范，开始把早餐纳入我的重要日程。我的早餐很简单，牛奶、白煮蛋和三明治。而后找出加湿器，给植物灌水，做一杯咖啡，开始画画。

我会每天花五个小时的时间画画，保证自己一定有作品产出。

这样规律的生活，让我自己都有点感慨。这几年，我逐渐戒掉了很多东西，比如烟和酒精，除了无法彻底舍弃的咖啡，连茶叶也很少再喝。但是遇到创作瓶颈，还是会忍不住破戒。一杯咖啡一支烟，放在触手可及的地方，一口一口地抽烟思考。有时也会喝酒，可以从上午开始喝起，一杯加水的威士忌，确实令人精神百倍。

画完画，下午我会约朋友见面，一起喝杯东西，或者看看展览，总之可做的事情很多，一两件就足以把整个下午时间都填满。

朋友见了我，问："你最近是不是胖了？"

我摸了摸自己的脸，不以为意："没办法，我这个年纪喝水都会胖。"何况我从来没有节制过自己的饮食。

以前和朋友约会，谈论的主题永远少不了爱情。今天爱上了谁，谁和谁分手了，谁抢了谁的男人，为爱痛苦啊揪心啊，本来我们这群人以为会谈一辈子恋爱，都没想过长厢厮守的感情，但转眼，大家都到了不再谈论爱情的年龄，结婚的朋友也很少谈论自己的丈夫或者妻子，谈无可谈的状态。如今坐在一起，更多聊聊现在的工作，或者前不久买的股票基金是赚了还是亏了，养猫养狗旅游的事情就可以撑足一场聚会，容不下别的了。我们把自己前半生的时间都花在了速朽的感情上，后半生眼看就要双手全部奉给同样经不住时间考验的物质现实。或许本质都一样吧，爱情和大量的金钱都能刺激多巴胺的分泌。

"下周有个晚会，记得来参加。"朋友临走前不忘叮嘱再三，"有很多女孩子慕名前来呢。"

我笑了，我以前是很喜欢聚会的，哪怕跟自己全然无关的派对，也会让朋友带着我去。人们知道我喜欢女人，我因为我作品而被人们喜爱，许多年轻的姑娘对我的喜欢大概也是对名望的幻想，我知道她们渴望着我，和一些无法设想的亲密。

不过那都是以前的事了。

晚会很盛大很漂亮，到处都是美酒和鲜花，还有颜色艳丽的蛋糕和食物，可很少人进食，大家都忙于社交，尤其对于那些像集邮一样锲而不舍收集朋友的人，他们是这种晚会的活跃对象。

我端着一盘沙拉站在角落里吃着，看着来来往往的年轻脸蛋和屁股们。有个脸特别小的女孩走过来，一手端着香槟，一手拿着我新出的画册，指甲修剪得很精致，涂着配合场景的指甲油，穿着一身量身定做的天鹅绒套装。

我想到了波伏娃的话，"有些女人把自己弄成有香味的花束、大鸟笼，但另一些女人是美术馆。"明显这个女孩是后者。

她走到我面前，露出有些羞赧的笑容，希望我可以给她签名。

我拿出随身携带的签字笔，迅速在扉页上写下自己的名字。

"可以一起吃晚饭吗？"她接着询问。

如果再早五年，我一定会毫不犹豫地答应她的邀约。可是我见过太多类似的女孩，虽然她们总是充满激情又热忱，但我已经厌烦了。

"抱歉，我没时间。"我直接拒绝了。

她露出失落的神色，但也只有一瞬间，她犹豫了会儿，接着说："我叫宝儿，是你的粉丝，希望我们有机会再见。"

2

自从有了社区团购后，我越发地宅了。以前可以为了买菜让自己出门，现在用手机下单要用到的蔬菜肉类，等着人送上门就好。

我一个人生活，有时会请阿姨上门帮我打扫卫生，但大多数时候我都亲力亲为。我喜欢做家务，扫地拖地，把桌子板凳用擦布擦得一尘不染，是非常解压的事情。然后给冰箱补足鸡蛋、牛奶、橙子、火龙果和面包，冰箱里有充足的食物，能让我感到踏实和安全，但也常常很多东西放到过期都没动过。

每隔一段时间，我会在家里举办一个小型的美术鉴赏会，邀请几个朋友，确定一个主题，大家坐在一起天南海北地聊。虽然一个人住，但我是不能没有朋友的人，我喜欢热闹的场合，哪怕我在其中什么也不干。

到了春天，天气一天比一天好，经常在家里吃着早饭，就有冲到外面去拥抱阳光的冲动。我对朋友说，春天真美好啊，一定得做点什么才不辜负。

朋友说："你的鉴赏会好久没办了，搞起来啊。"

于是我又重新把这些事捡了起来。我的家不大，最多可以接待十个客人。朋友说她要帮宝儿报名，我问朋友和那个女孩关系很好吗。

"见过几次，大家对年轻漂亮的女生都有种天然的喜欢，只是宝儿的丈夫对她很不好。"朋友说，"家暴吧，虽然宝儿没有说过，但她大夏天还穿着长袖，有次被人发现手臂上都是伤痕。"

"那为什么不离开？"我问，"她怎么忍受的？"

"总有人能够忍受，或者不得不忍受。"

我想到那天在晚会上见到的宝儿，一张年轻稚嫩的脸，可能二十三岁或者二十七岁，我不是很能准确猜到他人的年龄。

"不过她很喜欢画画，算是精神寄托吧。"朋友说，"遭受着痛苦的人，如果连精神寄托都没了，才是真的惨。"

我做了十张邀请卡片，慎重地给宝儿寄去，希望她能前来参加我们的聚会，从家庭生活里暂时脱离出来。宝儿很开心，因为没有我的联系方式，于是托朋友告诉我她一定会来。

聚会当天，我准备做十只奶油水果杯子蛋糕。

以前家里的奶奶教我做过蛋糕，那时候还没有时下流行的这些做法，就是简单的鸡蛋和面粉，加上白砂糖，就烤出一抽屉香喷喷热乎乎的蛋糕。

奶奶在爷爷去世后，独居了一辈子，没什么朋友，也不喜欢跟亲戚们往来，家里养了只猫，奶奶离开人世前那只猫遭遇车祸死了，她因此很伤心，我很疑惑，因为爷爷离世时她都未曾表达出这样的情感。大概是伤心过度，几天后她脑出血也离开了。

宝儿很早就和朋友一起过来，朋友是十指不沾阳春水的煮饭废柴，她负责酒水和鲜花，所以做蛋糕的事就落在我和宝儿的身上了。

"我之前上过一阵烘焙班。"宝儿说着还认真拿出了一个本子，上面有她之前上课的笔记。

我们打算在蛋糕坯里加上车厘子和橙肉。她站在水池边洗水果，窗外的阳光照射进来，把她烘得像一个已经烤熟的香甜的蛋糕。

车厘子和剥开的橙肉堆在散发着象牙光泽的瓷碗里。宝儿用手动打蛋器搅拌牛奶，我把弄好的蛋糕糊倒入纸杯中，保持八分满，然后放入预热的烤箱，一百七十五摄氏度烤二十分钟。

宝儿把打发好的淡奶油放入裱花袋里，用裱花嘴在纸杯蛋糕上挤出花型，她挤奶油的时候，挽起了衣袖，我注意到她手臂上确实有淡淡的伤痕。宝儿回头，看见了我的视线，愣了愣，有些尴尬地低下头，小声说："他最近没怎么打我了。"

我把车厘子和橙肉放到奶油上，雪白的奶油托着鲜红和橙色的水果，异常耀眼。

"所以你就满足了？"我不动声色问道。

她垂下眼睛，继续挤奶油："你可能觉得我很没用，但我曾经试着离开他，可我做不到，我爱他，他也爱我，我想有一天他会想通，我们会好好相处的。"

宝儿不是不知道她的丈夫对她有多恶劣，只是人总是擅长自我麻醉和欺骗，想要摆脱内心深处明明已经意识到的危险，所以总是去竭力否认这些危险。

如果不是她正遭遇着家暴这件事，我想她一定是个迷人又可爱的女孩，可我不喜欢软弱的人，软弱不是善良，我一直认为世界上最恶劣的坏事并不是由邪恶和残暴所造成的，而几乎都是因为软弱产生的。

3

后来，我和宝儿在一些画展上又见过几次。

她总是一个人，手里拿着画展的简介，只穿黑白灰三种颜色的衣服。她看见我后，总是露出淡淡的羞涩，过来跟我打招呼。

"最近好吗？"我问她。

她点了点头，但我觉得她的精神状态并不佳。

我们一边看展一边有一搭没一搭地聊着。

我们走到一幅名为《婚姻生活》的画作前，这是一个女画家画的，身边还站着几个男人。他们一边看着画一边品头论足。

"也只有女画家才会画这种画了，一天不是婚姻就是爱情。我每次看她们的作品，都必须换一副眼光，宽恕的眼光，不然我真没法看下去。"

宝儿听了，突然转过头去，温温柔柔的性格说出严厉的话来："凭什么女画家画婚姻生活就得用宽恕的眼光看待？男画家画就是善于观察生活？"

眼看着他们就要吵起来，我赶紧拉着宝儿离开。

我说："没必要跟他们吵。"

宝儿脸都气红了："他们的话太气人了。"

我笑了笑："这样的事情经历多了，就会发现和他们吵架纯属在蠢人身上浪费时间。"

宝儿终于笑了，她看向我："其实我很羡慕你。"

我耸耸肩膀："我一个老阿姨有什么好羡慕的？羡慕我的名气？还是我年龄够大？"

"羡慕你被人尊重吧。"宝儿说，"虽然会有些人看不惯你批判你，但大多数人都很尊重你，可能我一直很少被人尊重……"

"你怎么会跟现在的丈夫结婚呢？"我停在一家咖啡馆门口，打算进去买杯咖啡。

宝儿跟随我进去，她要了杯卡布奇诺："我大学的时候就遇到他了，他比我大十岁，他对我很好，当时为了讨我开心，会跑遍整座城市给我买想吃的消夜，他很喜欢送我礼物，把我当成公主一样宠，我觉得他是个很可靠很温柔的大人，很快就沦陷了。

见我没有说话，宝儿又有点不好意思起来："我说这些是不是很傻？人都是会变的对不对……"

我喝了口咖啡，对她说："其实这些情节在很多爱情故事里都发生过，男人追女人的套路从来没有改变过，只是我们在年轻的时候看不透这些，觉得这些戏剧性的情节只为自己而生。而且，一个人不能指望着花别人的钱，还同时要来尊重。"

我们走出咖啡馆，外面阳光普照，金色的光线洒在我们身上，暖洋洋的。

宝儿闭了闭眼睛，我才发现她的睫毛好长，像兜住了一缕光，她的脸像颗水蜜桃，她才二十几岁，明明未来还充满了无限可能，却被困囿于不幸的婚姻里。我想要帮她，可我不喜欢无端滥用自己的善意，如果连当事人自己都没有清醒，擅自叫醒对方，只会徒增难受罢了。

我在路口买了奶油蛋糕送给宝儿，然后我们彼此道别。

4

三十九岁生日，我收到朋友们寄给我的画册、口红、裙子和香水。

生日给自己放假一天，不画画不看书，尽情地想干吗就干吗。反正我一个人生活，无论做什么，也不会有人在旁边评判我或者阻止我。

我下单买了菜，很快有人送上门。我从冰箱拿出鸡蛋，准备给自己煮一碗长寿面吃。

在等水烧开的间隙，门铃响了，我去开门，宝儿一脸倦容地站在门口。

我愣了愣，让她先进门再说。

宝儿一进来就开始落泪，她说她想要离开那个家了："我感觉，我感觉没法再忍受了，他总是说会改的，已经两年了，他根本毫无变化。"她擦擦眼泪，看上去很不好意思，"对不起，我太唐突了……"

我递纸巾给她，问："你吃饭了吗？"

"还没。"

"今天我生日。"我转身朝厨房走去,"吃点我的长寿面?"

她站在客厅里,冲我点了点头。

我多煎了一个鸡蛋,把挂面下到开水里,用筷子搅匀,放青菜,调佐料。两碗热气腾腾的汤面做好了,端出去的时候,看到宝儿正在帮我整理客厅。

"吃饭了。"我说,"尝尝我的手艺。"

宝儿说她从昨晚到现在都没吃过东西,大概是饿坏了,她很快就吃完了碗里的面条,还把汤也喝得一口不剩。

"你饱了吗?"我说,"冰箱里有水果和面包。"

宝儿摇了摇头:"我吃饱了。"她又看了我眼,"下午你有事吗?我会不会打扰你了?"

"今天休息。"我说。

而后,我们一阵沉默。我觉得这个时候,适合喝点酒。

我拿出金酒,倒了两个杯子,递给宝儿。宝儿先慢慢喝了一口,脸上紧张的神情松弛了下来。我去储存室搬出一个烤炉,这是去年冬天买的,冬夜一个人在家睡不着,我会生火用它来烤肉吃。烤肉的过程是缓慢而温暖的,等待肉熟的过程就能驱散许多饿意,以免吃太多。我确实胖了不少,可节食太痛苦,只要没有影响健康,我不想苛责自己。

冰箱里有我之前买的雪花牛肉,给烤炉生炭,然后用烤夹把肉放上去。肉的香味被火慢慢烤出来,我给肉的表面刷了一层薄薄的蜂蜜芥末酱,屋子里充满了香气,很美。

"那些传闻都是真的吗？"宝儿的脸被热气烤得红红的。

我抬头看她："什么传闻？"

她垂下眼眸，小口抿着杯里的酒。

我笑了笑："我以前是有很多恋人，谈恋爱是件很开心的事，现在我也这样认为，只是……"

只是什么呢？恋爱也有年龄阶段吧，过了那个年龄段，恋爱的机会就开始减少，自己的心思也似乎不在那上面了。所以我很好奇宝儿为何会在那么年轻的时候就选择结婚。

"可能是没有安全感吧。"宝儿说，"小时候父亲对我母亲也经常家暴，我也会跟着被揍，从小就生活在恐惧里，一直期待着可以有人来爱我给我一个家，只是没想到我会遇到一个跟我父亲相似的人……"

"这在心理学上是有解释的。"我重新给她倒上酒，"人们会爱上似曾相识的感觉，哪怕这种感觉是不健康的，可因为曾经经历过，所以会因为熟悉感而觉得安全。"

我转头看向她，冲她眨了眨眼，语气温柔道："可你已经长大了，你现在有能力去处理这些问题，第一步先离开你的丈夫。"

宝儿双眉紧皱，我知道她不可能突然就下定决心，否则这些年来的忍受是怎么来的。

"可我觉得他不会轻易让我走的。"宝儿叹了口气，"他的控制欲很强，虽然他打我，可一方面我想他也是爱我的。"

这能算爱吗？在我心里，答案当然是否定的，可我什么也没说，我不能直接去否定她，就像一个在沙漠行走数天的行人，眼前出现的海市蜃楼，他误以为那是拯救自己的稻草，可最后竹篮打水一场空，只有希望的人其实什么都没有。我不能再从一个一无所有的人手里再去抢夺什么东西了。

"我可以介绍离婚律师给你。"我喝了口酒，"这个律师是我朋友，而且在业界是专门处理离婚诉讼的。"

她又垂下眼睛，露出很不好意思的神色："可我没有钱，这些年来都是他在养我。"

"你可以来做我的助理。"想到上次的鉴赏活动，宝儿的分析能力和品位都很不错，我正好需要一个助理，"女人想要独立的第一步，先得有个工作。"

宝儿似乎有点不敢相信："可我从来没有正儿八经上过班，我大学毕业就嫁给了他，他不让我出去工作，我怕我做不好……"

我伸手拍了拍她的肩膀，安抚道："没事，一开始都会有个磨合期，而且我让你当助理肯定是认为你可以胜任的。"

"我可以预付你两个月的工资，先租个一般的小房子，刚开始出来生活，如果没有存款就尽量节省点，工作日包饭，如果周末你不想在家里做饭，你也可以来我家跟我一起吃外卖或者一起做饭。"

宝儿点头，一脸感激："谢谢，不过……"她顿了顿，抬起头来，"会不会不方便？"

"不方便什么？"我刚问完，就意识到她指的是什么了，我耸了耸肩笑道，"我是喜欢女人，但也不是只要是女人就行。"

我们聊了一个下午，我帮宝儿规划了离开家后的生活和出路，希望她尽快做出决定。

临走前，我把宝儿送到门口，她突然转身抱住了我，对我说："谢谢，真的谢谢。"

5

我在家里等着宝儿找我，然而晚上过去，第二天又过去，我给她打过去的电话和发送的信息都没有人回应。

我开始有些不安，这不像宝儿的作风。脑子里闪过一些不好的想法，我从未见过宝儿的丈夫，但一个会对自己妻子家暴的男人，我确实也无法把他想得能有多好，或许他在听说宝儿想要离婚的计划后，因为生气做了什么事。

我越想越忐忑，于是拨了朋友的电话，让她去打听宝儿的消息。

没多一会儿，朋友给我打来电话，声音一派轻松："她和她老公出去旅游了。"

"什么？"我诧异道，"怎么可能？"

"真的。"朋友说，"你别管她的事了，我看她朋友圈还发了跟老公在海边度假的照片，看上去很幸福。"

"可是……"我想宝儿是把朋友圈对我屏蔽了，所以我什么也没有看到。

"有种女人就是这样，即使她知道自己在饮鸩止渴，也还是会去喝。"朋友轻轻叹了口气，"别给自己找麻烦了。"

我对宝儿的做法大为吃惊，或许是我太小题大做了，他人的婚姻旁人根本就不该插手。我把手机扔到一旁，说不出是什么感受，有点沮丧地打开冰箱，拿出之前喝了一半的酒，我倒进杯子喝了口，才发现这酒是昨天跟宝儿喝剩下的。

说实话，我有点生气，感觉遭到了某种背叛。不过，很快我就忘掉了这件事，它毕竟只是我生活里的小插曲。

我还是照常每天定时起床跑步、画画，然后新招了一个助理。小助理大学还没毕业，在我这里实习，是个短头发模样可爱的胖女孩，话很多，但一点不讨人厌。我工作太忙，会让她代表我去参加一些活动。

有天，小助理回来，一反常态，没有跟我讨论活动上见到的人，平日里兴致勃勃的神情也不见了，脸灰灰的，进门后一声不吭坐在工作台前，埋头打字。

我有点奇怪，问她："怎么了？今天的活动不好吗？"

小助理转过头看我，一脸欲言又止的模样，最后一言不发又转回了头。

我放下手里的画笔，走过去，在她身边坐下："说吧，什么事？"

"别脏了你的耳朵。"小助理气呼呼道，"这世上真是什么人都有。"

原来小助理在活动上遇到了宝儿的丈夫，虽然我们之前从未见过面，但他知道我的名字，见到签到单上有我后，便找到了小助理。他以为小助理是我，有意无意嘲笑她的体型和长相，后来知道我根本没去，便开始说些风言风语，什么我勾引他的妻子，教唆他人离婚等，闹得场面十分不快。

"我很生气。"小助理说，"我把手里的饮料泼到他衬衣上了，白衬衣哦。"她说到这里冲我恶作剧地眨了眨眼。

我的心里很不是滋味，觉得很对不住小助理，于是让她先回家休息，今天提早下班。

小助理走后，我一个人坐在椅子上发呆，感觉浑身都被抽走了力气般。我拿了钥匙，今天不打算在网上买食材了，决定出门走走。

最近的落日很美，我因此画了好几幅落日的画。此时已经是黄昏快要结束的时刻，夕阳在楼宇之间缩成一个圆圆的小小的橘色光点，光晕洒在脚下，让人瞬间有点迷失。

超市里人很多，下班时间大家忙着采办晚餐的食材，推着推车或提着篮子，挑选蔬菜和水果。我买了葡萄、水蜜桃，看到又大又红的车厘子被一个工作人员推过来，喊着："车厘子降价咯，卖完就没了！"

想到和宝儿一起烤蛋糕的下午，好像是上个世纪了。

6

美术馆打算把我最近创作的画拿来办一场画展，邀请了业界很多人。我按照安排好的时间去了美术馆，发现连门口都排了人。

朋友看见我，一把拽过我，把我从另一个门带进去。

"哟，你怎么瘦了？为了今天的画展特地减肥了？"

我瞪了她一眼："你觉得我有心情减肥吗？"体重确实轻盈了不少，但不是为了今天，而是小助理的那件事让我郁闷了很久。我没想到自己内心会这么脆弱，大概一个人待久了，太久没有和人产生什么纠葛，突然被这临头一棒，弄得不知所措。

朋友像是看出了我的心思，捏了捏我的胳膊，说："都怪我，就不该介绍宝儿和你认识。其实宝儿的事情，我们这些朋友之前也想帮她的，可你想把一个陷在沼泽里的人救出来，不是那么容易的事，如果对方都没有想出来的念头，你伸出手给她，还可能把自己也给赔进去。"

画展进行得很顺利，我和认识的人聊天喝酒，时间过得很快。有人找我拍照，我就拍照，有人找我签名，我就签名。我的眼前经过许多形形色色的人，但大多数都没有记住脸，年纪大了吧，站得久一点，就腰酸背疼的。

"你好。"一个冷冽的声音传来，我抬头，一个陌生的男人正笑着看我，中规中矩的一套西装，看得出价格不菲，手里拿着我的画册，他伸出手来，想要跟我握手。

我正欲伸出手时，他突然收回了手，用不怀好意的语气说："你应该不喜欢碰男人吧。"

我愣了愣，还没反应过来，他便接着说："我是宝儿的老公，总算是见到你了。"

什么叫"总算见到我了"？难道他一直在找我？想要跟我见面？可我一点也不想见到他。

"借个地方聊聊？"他继续笑着看着我，"或者在这里聊也可以。"

无耻。

我的脑子里瞬间闪过这个词语，但还是按压下了脾气："跟我去休息室吧。"

美术馆的休息室是专门用来接待嘉宾和认识的朋友的，我们进去后，他直接找了沙发的空位坐下，然后拿出了烟盒。

我忍住想翻白眼的心情，问他："请问有什么事吗？我很忙。"

宝儿的丈夫看着我，脸上露出一丝轻蔑，他点燃一根烟叼在嘴里，不疾不缓地吐出一口烟雾："大画家你知道吗，你如今看到的宝儿，这个优雅、体面，有涵养有品位的宝儿，是我一手创造出来的。"

"哦。"我淡淡应道，假装毫不在意，但听到他这段开场白时，心里又无端升起一股好奇，"就算你认为现在的宝儿是你一手调教出来的，但她首先是个人，不是随随便便的雕塑或者像花瓶一样的东西，不是想摔坏就摔坏的。"

他用一双深棕色的眼睛盯着我，里面闪过一丝疑惑。

"其实我以前也画画。"他说，"而且画得还不错，不过缺少运气吧，所以后来改行转向商业，宝儿是我见过的很有艺术天赋的女生，所以我很喜欢她，我觉得我好像看到了年轻时候的我，我现在也很爱她，她也爱我，就是这么简单，至于我们如何相处那是我们夫妻之间的事情，我不管你是出于什么目的教唆她离开我，我都希望你不要再出现在她面前了。"

我快被气笑了："你在威胁我吗？"

他按灭手里的烟头，吐出最后一口烟雾，没有看我："你觉得是就是吧。"

我舔了舔有点发干的嘴唇，说了一下午的话，我连口水都没喝，此时突然想喝一杯气体充足的可乐。

"你不过是把她当成你身体的延伸，你的爱不过是出于自恋。"我打算说完最后一句话就离开，出去找可乐喝了，"至于宝儿，她当然也不是真的爱你，但如今我想这种畸形的爱挺适合你们的，我不会插手，我对此毫无兴趣。"

我转过身，去扭门把手。身后传来"啪"一声清脆的响声，我吓了一跳，回过头，发现他把桌子上的玻璃花瓶给砸掉了。

他拍了拍手，露出笑容："我会赔的。"

画展后面发生的事，就跟做梦似的，我的脑子一直是蒙的，一直到结束回家，才想起自己还没有喝到想要喝的可乐。

7

我坐在沙发上看了会儿电视，心里惦记着白天未完成的事。于是抓起手机，出门去便利店买可乐。

天已经黑了，路灯把街道旁的树照得阴影扭曲，空气里有淡淡的不知名的花香。

走到路口，我看见了宝儿。

很久没见的宝儿，依然漂亮动人。不知道她是刚到，还是在这里站了许久，但我已经不关心了，比起知道她的故事，我更关心电视剧的大结局。

宝儿看着我，泪眼汪汪："对不起，真的对不起。"

我没有搭理她，低头继续往前走。其实我想说我理解你的懦弱，可是安慰的话有什么意思？所以我最后什么也没说。

宝儿的声音从身后轻轻传来："我很怀念我们一起散步，一起在阳光下喝咖啡，晚上喝酒聊天的时候……"

我没有回头。路灯将我的影子拉长，孤独的，长长的影子，在昏黄的灯光下显得有些古怪。

直到很多年的今天，我终于明白奶奶为何情愿一个人与一只猫同住。

35 岁
你的恋爱，暂停了几年

1

这个商场冷静、破败，虽然几年前还是附近首屈一指的繁华地带。周围几公里内的小区住户和上班族，都喜欢来这里逛街，喝咖啡，约几个朋友无所事事地晃悠。但它现在也不是全然没有人气，人是善于留恋过去的生物，即使商场里很多商户已经搬走或者换了别的门头，依然还是会有些老顾客来到这里，消磨时间。精神上的缅怀，是抵抗孤独和无聊的一种解药。

我选了一个最角落的租铺，七十平方米，用很便宜的租金拿了下来。那是我全部的积蓄。

这里离我之前常住的地方有二十多公里，如无意外，应该不会再碰到熟人，这正是我所期待的。

之前的老店转让出去后，我换了新的名字，想把位于商场的新店打造成一个白天可以喝咖啡吃简餐晚上喝酒的地方。大门是用复古绿色漆就的铁门，门口设置了开放式座椅，天气好的时候，客人可以坐在外面抽烟聊天。除了门，墙体都是通透明亮的玻璃，正对着玻璃设置了一排单人座椅，吧台和后厨差不多占据了一小半的位置，所以整个空间只能放下四五张桌椅，但已经足够了。

把从前店里的酒单复制过来，又添加了一些新品。简餐有意面、三明治、汉堡和牛排，如果是减肥人士，可以点沙拉和水果麦片酸奶杯。

店铺装修了一个多月，迎来这座城市最潮湿的梅雨季节，每天没完没了的细雨，绵绵不断，就像老太婆的裹脚布。天气不好，大家也不愿意出门。

我一个人坐在门口的椅子上，看着湿漉漉的路面溅起的水花，抽一口烟，看一会儿书，百无聊赖地等待客人上门。没几天，我就发现人气冷清的商场，守株待兔是没有用的。于是我找了几个自媒体号帮忙打了广告，在附近小区贴了电梯广告，印了一些宣传单页请兼职帮我散发，终于慢慢有客人上门来了。

带着电脑的年轻人，一脸迷茫地走进店里，选了最里面的位置，点了最便宜的美式咖啡，一待就是大半天。几个穿着时髦的年轻女生，化着相似的妆容，聚在门口先拍半小时的照片，才推门进来，点有咖啡有饮料有蛋糕的套餐，然后选了最大的桌子坐下，又接着拍照。有住附近的老人，一前一后进来，带着新奇的眼光看了看菜单，在我的推荐下要了没有咖啡因的饮料和入口柔软的简餐。

生意就这样慢慢做起来了，不好不坏，勉强过得去。

门店挂到了网上，总会被曾经的朋友看见，然后特意过来，说是照顾生意。但其实呢，我想他们是想看看如今的我会变成什么样了吧，在经历了那两段为人津津乐道不太光彩的恋情后，一个女人要如何重建自己的生活？

其实我压根没觉得自己在重建生活，我只是换了个地方开店，然后继续过日子，一切并没有什么特别。

2

三十二岁，就在我和第一个男友差不多快要谈婚论嫁的时候，发现他出轨了。是同公司的女同事，两个人秘密交往了几个月，在手机上发送着甜言蜜语。

当时的我，更多是不敢相信这样的事情会发生在自己身上。他是我大学时期认识的学长，成绩优异，性格温和，至少当时看来是绝对值得交往的对象。我喜欢他，这种喜欢里更多带着崇拜。他喜欢的东西，我会努力去了解学习，因为想要和他成为可以并肩的伙伴，追上他成长的速度。

毕业后，我们住在一起。我因为不喜欢公司朝九晚五的上班制度，工作了一年后辞职做起了自由职业者，在家里接一些翻译稿，拍照片和剪辑视频，赚的钱足够生活了，还能小有余裕。

他进入了电视台，在周围人眼里做着一份光鲜的工作。可他并不是上进的人，其实我们都不是有多大欲望的人，只要钱够用，每年可以出去旅行一两次，去看想看的展览，听想听的演唱会，这样的生活我们就很满足了。

他因为是单亲家庭，父母在他很小的时候离异，从小跟母亲长大，对于婚姻非常抗拒。我觉得没什么，结婚不过是一种形式，我们没打算要孩子，只要两个人相爱，结不结婚对我而言并不重要，我愿意陪着他一起去克服心理上的困惑和混沌。

他上班，我一个人在家的时间，为了作息规律，我要求自己比他更早起床，准备早餐，他喜欢吃油炸食品、麻圆、油条，以及各种油炸饼子，但是不健康。我用橄榄油给他煎面饼，也炸过糯米团子，他觉得味道还行，很长一段时间，这两样成为我们的固定早餐。

中午我有时候点外卖，有时候自己在家里做，都是简单的食物，面条、炒饭、盖饭、米粉、猪排饭、红油水饺……我把家附近所有的小店几乎都吃了一遍。

等到晚上，我去接他下班，然后去和朋友碰头吃饭，或者在商场附近吃火锅、泰国菜什么的。

某天，他一边吃着咖喱虾，一边看着我说："你最近是不是胖了？"

我轻轻捏了捏脸，说："啊，我都没太注意。"

他指了指外面的一个方向："楼下药店有秤，你可以称称。"

不知道是说者无意听者有心，还是怎么了，我心里像被突然卡了一根刺，我把最后一只虾夹给他，故意用玩笑的口吻对他说："怎么，胖了难道你还要跟我分手？"

他把虾喂进嘴里，抬头看了我一眼，没有笑意，面无表情道："你想得太严重了。"

可是那天后，我开始节食，早上不再跟他一起吃油炸饼子，自己喝牛奶吃一个水煮鸡蛋，中午点轻脂餐或者自己用全麦面包做不加沙拉酱的三明治。我改变了自己的生活习惯，因为在意他的看法。

他有段时间不想工作，每天不是上班迟到就是请假不去，月底到手的工资缩水了一半，我拿出自己的钱贴补他，揽下生活费和房租。爱一个人的时候，就是想要全身心把自己的一切都给他吧。那种欲望是，我宁肯舍弃所有，也要换来爱人的注视。年轻的时候，我们总是期待爱情永恒，以为只要努力就能让它穿透时间。我不知道是因为我害怕一个人，还是害怕失去他。

那个女同事，我曾经参加他们公司的聚餐时见过。娇小可爱型的女生，是他会喜欢的类型。

当我发现的那刻，愤恨、嫉妒、委屈，全部一股脑涌上头。我甚至想过去他们的单位揭发他们的感情，可是这样做了以后呢？除了让他们被同事在背后指指点点，最严重的就是丢掉工作外，其实什么也不能改变。

当一个人不爱你的时候，做什么都是徒劳的。

可他不愿意和我分手，说会和那个女生断掉关系。我当时已经哭傻了，根本没有脑子再思考，或许我心里比他更害怕失去这段感情，哭着点点头，说愿意给他机会。

不过，感情有时就像食物，一旦变质即使外表依旧好看，也再难以下咽。

分手后，我们谁都没有立即搬出去。一个人若是和别人生活久了，就很难再接受一个人，一旦想到要去面对一份陌生的孤寂，就会感到痛苦。

我和前男友还是像从前一般住在一起，像生活在同一个屋檐下各自平行的两条线。虽然我不肯和他说话，但我知道晚上他就睡在我的隔壁，我的心因此而安宁。

直到某天早上醒来，我听到隔壁的他在和谁打电话。内容是我完全不知道的事情，他的语气轻松愉快，因而刺痛了我。我终于下定了决心，收拾行李离开了。

3

离开他后，我回到了现在待的这座城市，学了做咖啡和调酒，还去外地上了烘焙培训班，然后开了一家小店。

那家小店我经营了三年，不能算多成功吧，不然应该有几家分店才对。但是拥有了一群固定来店里的客人，如果心情好，我会主动跟他们聊天，分享自己藏在店里的零食。

我就是在那里发生了自己的第二段恋情。

对方是店里的常客，喜欢喝酒，身上有一种天生的和人亲近的气质。我们从小到大，身边总会遇到类似的人，虽然第一次见面，但他说话的语气、微笑的嘴角，会让你不自觉想要敞开心扉。他的每次到来，都会吸引来更多的客人，大家都愿意听他说话，跟他喝一杯。

为了感谢他给店里带来的愉悦氛围，我有时会给他免单或者打折，赠送一碟肉干或者米果。

他说他刚结婚，但似乎不太开心："家里擅自做主给我买了婚房，感觉就这样顺理成章被推着结了婚，不过我和老婆也在一起四五年了，结婚是迟早的事吧。"

结婚是迟早的事。以前我也这么认为，好像人生的标配里一定得有结婚、生子、房子、车子这些东西，甚至没有去问过为什么，它们似乎是天然存在的真理。因为生活并不在别处，在秘鲁海边居住的人们一样会工作、恋爱，要穿衣服，要吃饭，为前途和生计烦恼，想着休息日要开车去哪里玩，处理离婚官司，还清贷款。

有次和第一个前男友去海边旅行，我们在当地的一条老街吃饭。三四线城市的老街，虽然是旅游景区，但房子都很老旧，街上几乎都是游客，店铺里卖着花花绿绿的衣服，有人会特地买据说是当地特色的衣服和帽子穿戴一身，可实际上真正的当地人并不会那样穿。我们以为自己融入了一个陌生的地方，然而还是按照自己的思维惯性，把自己又天然地隔离开来，让别人一看，就知道你只是一个游客。

中午，我们在老街吃日料。老板清瘦随和，吃到中途我出门逛了圈，发现一家咖啡馆，被门头吸引进去，老板娘美丽大方，给我介绍了几款咖啡，聊天的时候心想这老板娘和日料店老板好配呀，他们身上有相同的"气息"。

存着私心，回日料店后，我问老板喜欢喝咖啡吗，想要推荐他去这家咖啡店。老板笑了笑，举着手里的杯子说："喜欢，正喝着。"

我说："往下走有家咖啡店咖啡很好喝。"

他笑了，说："那是我老婆开的。"

当时我惊讶地睁大了眼，不过一想又很合理，原来身上有相同"气息"的人，即使是隔着初次见面的陌生人，也能敏锐感觉到。真开心，我希望在一起的人竟然真的在一起。

我把这事告诉前男友时，他一心打着手里的游戏，毫无兴趣。他眨了眨眼，喝掉我杯里剩下的咖啡，说："那是因为你用游客的眼光去看这些事罢了，再合适的人在一起久了，都离不开鸡零狗碎。"

我想，他一直都是清醒且理性的人，明白爱情只是一种情感，和别的情感没什么不同，即使在遇到自己喜欢的类型的女生，也没有和我分手，而是选择了隐瞒。从某种意义上看，他离不开我，他和我都是害怕去面对失去的人。

算了，他给我带来的痛苦，已经没有值得回忆的价值了。

4

第二个男友就是之前提到过的熟客。他比我小七八岁，一开始我完全没有想过会和他在一起。

一个让人喜欢的弟弟，一个熟客，他对我而言，就是这些。

在我们还没有进一步发展的时候，我们经常相约去城里的各个酒吧喝酒，他给我介绍威士忌的来历和味道，谈起苏格兰威士忌和爱尔兰威士忌时，眼睛里闪着淡淡的光芒，那光芒望向我，好像把我也同时点亮了。

"每年盛放在木桶中的威士忌，都会有百分之二的部分被蒸发走，一去不归，这也是被带走的灵魂一部分，苏格兰人称为 Angel's Share，送给天使喝了。"

我很向往他提到的那些地方，壮丽的高地、冷冽的海岛、画境一般美丽的斯佩塞。只有这样的土壤和海水才能孕育出独特的威士忌，然后到达世界各地人们的口腔和内脏，让人的整个身心都沉浸在一种奇特的暧昧的世界里。

如果是第一个男友在场的话，他一定会说苏格兰到处都是酒鬼，惹是生非，也有穷人和富人，只不过我们隔着几千公里，才给他们贴了自以为是的文化标签。

我甚至可以想象，如果他们遇见，一定会大吵起来。

我进货的时候，有意选了很多威士忌品类，放在酒架上。

店里的生意不温不火继续着，有天我在店里给客人切果盘，这时一个人走了进来，我抬头照常欢迎道："欢迎光临。"在说到第三个字的时候，我愣住了，呆呆地看着来人，一时不知该做怎样的反应。

"好久不见。"他笑了笑。

第一个男友就这样到了店里来，他的到来令店里的气氛一下变得古怪起来。人有时候就这么奇怪，即使是跟自己毫不相关的事情，但只要嗅到八卦的气息，就会好像是发生了什么跟自己有关的大事，突然兴致高涨。

那天，比我小七岁的弟弟没有来店里。

我让他先在店里坐坐，他不喝酒，我给他倒了杯可乐。

"给我调杯酒吧，你们店里什么酒受欢迎？"

一半恶作剧一半认真的心理，我说："冥府之路。"这个酒听着有复仇的味道。

他怔了怔，笑起来："那给我一杯冥府之路。"

冥府之路是以金酒做基底的调酒，酒精度数对他来说略重，我调低了度数，给他端上去。他很快喝完了一杯，又要了一杯。

我一直待在吧台招呼客人，我知道他在看我，我没有回应。

我心里想着今晚那个讨人喜欢的弟弟会不会来，如果他来了一定会察觉店里古怪的气氛吧，不知为何，我并不想让他知道这件事。

见客人都慢慢散去，我提前打了烊。

他等在门口，背对着我，背影看上去有一点佝偻。他比之前瘦了很多，一年时间没见，他好像已经不再是我记忆里那个意气风发的少年了。是不是男人都老得特别快，不是指他们的容貌，而是精神上的那股劲儿，年轻时候在校园里的风云人物，进入社会开始工作后，总是用不了三五年，就开始发胖油腻，迅速成为一个中年人。

"吃点消夜吧。"他转过身，看向我。

我确实有点饿了，我昂了昂头，看向马路对面的二十四小时便利店："走吧。"

我要了关东煮，泡好泡面，坐在长凳上吃起来。

他点的东西放在桌上，没怎么动。

"说吧，找我什么事？"我吸溜了一大口泡面，热乎的汤面让我的神经重新活络过来，心情也好了不少。

"我妈妈她……"他顿了顿，眼眶开始泛红，"病逝了。"

我愣住。他的妈妈我以前见过几次，对我挺好，已经把我当成她的儿媳妇看待，逢年过节还会发红包给我，比起他而言，他的妈妈似乎更关心我。

我的鼻子一酸，抽了张纸巾擦了擦眼睛。

他在旁边轻轻叹了口气："我现在一个人了，感觉好像一个孤儿。"

他说母亲去世后，他的父亲给了他一笔钱。他父亲中年发迹，名下有好几处房产，创办的公司也经营得有模有样。

"我爸爸他想让我去他公司上班。"他拧开可乐喝了口，有些酸楚地笑了笑，"没想到人生到了三十多岁，还能有幸当个富二代。"

我本来想问他为什么不去找那个女生，想了想又觉得很可笑。

"所以你现在是来找妈的？"我冷漠道，"我没有兴趣给别人当妈。"

"对不起……"他喃喃道，"以前我太不懂事了……"

我沉默地吃掉剩下的面，又迅速吃掉关东煮，站起身对他说：

"我回家睡觉了，明天还要工作。"说完，不等他回答，就推门离开了。

他再来店里的时候，已经喝了不少。见我对他的回应冷淡，他突然把一位客人桌上的酒给端起来喝了。

所有人都怔住了。

我生气道："我要叫保安了。"

"是我对不起你。"他重复着这句话。

店里的客人纷纷朝我们投来目光，还有好事者起哄道："追女生至少买束花买个礼物嘛，一点诚意都没有！"

我朝说话的人瞪了一眼，不客气地把醉醺醺的前男友往外推："别打扰我做生意，求求你别出现在我的人生里了。"

他被推出去的时候，一个趔趄差点摔倒。

我没有看他，回去赔了客人酒水，另附送了小零食道歉。

第三天，他没有再来。

5

那件事发生后没多久，我和年轻男生在一起了。

因为前男友在店里闹得不愉快，我很烦心。第二天没有开店，年轻男生来店里喝酒发现没有开门，便给我打电话。

我说我心情不好，今天不营业。

他说，心情不好，别一个人闷在家里。

于是我换了衣服出门，他说要带我去吃一家很好吃的麻辣烫。

那家麻辣烫离我的店不远，但我竟然从不知道它的存在。

他熟稔地点了很多菜，然后拖开两个塑料板凳，用纸巾擦了擦油腻的桌子，笑嘻嘻道："不开心什么呢？"

"店里的事。"我撒谎说，"最近生意不太好。"

"这样啊。"他顿了顿，似乎在想什么，而后一手握拳砸在另一只手掌上，"明天我带同事来照顾你生意。"

我笑了，觉得他真可爱，顺口道："好啊。"

吃完消夜，我们都有些意犹未尽，于是我们回到店里，两个人在吧台捣鼓了一阵，调了一些乱七八糟的酒喝下。

我拿出牛肉干和花生，坐在外面的椅子上，一边喝酒一边望着外面寂寥的街道。因为白天下过雨，晚上路面还是湿的，在路灯的照射下泛着银光。

他摸了颗花生喂进嘴里，咀嚼出清脆的声响，在我们之间显得格外大声。

我转过头去看他，他也看向了我，不知道是不是喝了太多混酒，我脑子有点发蒙，我看见他眼里的目光温柔而热烈，是我许久没有见到过的眼神。

虽然我们在一起的事没有告诉任何人，但店里的客人都看出来了，每次进店都会打趣问我他今天什么时候来。

他每晚下班会准时到店，帮我招呼客人，端端酒水，陪客人喝几杯。如果是第一次来的新客人，几乎都会认为这是一家夫妻店，甚至还有人把我们的照片发到了网上的店铺点评里。

"她如果看到就糟了。"我尽量让语气显得云淡风轻，我们在一起从来没有谈论过未来，我觉得当下快乐就好，爱情只是一种情绪，它能维持一年或者三年，但想要永远是不可能的，但只要它还在我就会坚持。不知道是不是因为之前感情的缘故，我不敢再去追根究底。

"没事。"他语气轻松道，却没有再继续往下讲。

万圣节，店里提前两天布置好了各种道具。他从网上买了一套军阀服装换上，我给他化了一个网上教程学的鬼脸，他去店门口迎客，气氛很好，许多客人围着他拍照，没多一会儿，店里就挤满了客人。

他进店里帮我，在拥挤的过道上侧身行走，周围都是欢声笑语，我的心情也跟着快乐起来。

如果不是那个女生的突然出现，我想我们至少会度过一个愉快的万圣节。

一个头戴荧光恶魔角发夹的女生推门进来，往店里的客人看去，我瞧见她的视线在他的身上逗留了片刻，然后走到吧台最后一个空位坐下，对我说："一杯威士忌加苏打水。"她盯着我的脸看了看，笑道，"你是这家店的老板吧？"

我一边给她倒柠檬水，一边抬头看她："是啊。"

"哦。"她淡淡应道，"我在等我老公，你知道他是谁吗？"

我的手颤了颤，放下杯子，心里涌起不好的预感，但脸上仍然笑着："他是店里的客人吗？"

他送完酒，正往这边走，还冲我笑了笑，而后视线停留在了女生身上，脸上的笑瞬间变成了灰色，像被蜡油凝固住了般。

那天是怎么收场的呢？等我反应过来，所有客人都离开了，店里一片狼藉，我身上被泼了酒水，头发也乱了，但让我没料到的是，那个女生并不是他的妻子，而是他众多女友之一。

他送走女生后，回来收拾残局，见我愣愣地坐在长椅上，似乎想靠近我，而后犹豫了会儿，最终还是走掉了。

6

万圣节后，我任性地闭店了半个月，有客人打电话问我什么时候开门。我一点也不想去店里，感觉浑身没有力气，软绵绵的，什么也不想做。

突然想到之前他常来我租的房里，我们凌晨一边吃着熏肉下酒一边看没有营养的电影，一部又一部，直到天光大亮，他要离开去公司上班。我则回到床上闷头睡到中午，然后去店里工作。

两个人在一起生活过，无论时间长短，都会在屋里留下印记和气息。

我躺在床上，想到夜晚翻身碰到脖子下他伸出的胳膊，那种深夜醒来，四周黑漆漆一片，意识到他在我身旁的感觉，令人安心而踏实。

虽然我明白这个世界每个人终究都要独自面对生活，面对死亡，但我还是需要去花费很长的时间适应一个人。

颓废地在家里躺了一段时间，因为太饿了，不得不挣扎着起床出门。血糖太低造成脑袋发晕，我很害怕自己突然倒在大街上，却没有人愿意帮我拨打 120。孤零零地死去，那种过程光是想想就觉得可怕。

我好像明白第一个男友为什么会回来找我了，世上唯一的亲人去世后，他也什么都没有，什么都不剩了，金钱是可以买到很多东西，这个世界上的任何东西都有一个价格，可往往情感无法用具体的金额来衡量。有时候一辆保时捷可以买到爱情，有时候一个油炸糯米团子也可以买到爱情，而这两者换来的爱情的纯度几乎是一样的。

我随便找了个路边的小店，要了一碗面条，狼吞虎咽地吃完。当胃被填饱，悲伤的情绪似乎也随之烟消云散了。人有时候被满足得太容易了。

后来，店铺和商场的三年租约到期，我便借此理由把店转让了出去，在如今这个人气低迷的商场开了新店，渐渐习惯一个人的生活。

新店的生意始终没有之前的好，但我已经知足了。跨年夜，我给每位到店的客人都赠送了一杯免费调酒。

因为人不多，我打开墙上的电视，播放跨年晚会。

我站在吧台擦杯子，听到晚会里热烈的掌声，抬起头来，看见了前男友，我还没有反应过来，店门又被推开，年轻男生也来了。

这两个人很快察觉到彼此的存在，气氛开始变得古怪。

我没有看他们，独自忙着照顾客人。

过了会儿，我转过头，发现他们都去了店外。

他们没有打架，并肩坐在玻璃门外的那排长椅边，抽着烟，看上去像两个认识许久的朋友。

我倒了两杯酒端出去，听到了他们的谈话声。

"我记得我上初中那会儿，学校校庆，你抱着吉他唱了一首周杰伦的歌，全校女生都要被你迷死了。"这是年轻男生在说话，"我当时就觉得很帅，我也要学吉他。"

"那你学了没有？"前男友摁灭烟头，又重新点燃了一支。

"学了两天就放弃了。"

两个人谈论着共同的校园往事，是我从未听说过的记忆。

我端着酒盘的手开始变冷发僵，这个冬天太冷了，在外面多待一会儿，就能被冷出鼻涕来。我沉默地推门回到店里，一个人瘫坐在椅子上。

今年商场为了重振人气，晚上有个电子烟火晚会，在跨年倒数的时候会在大屏幕上燃放。所以大多数客人都出去看热闹，打算数着时间一起跨年。

我送完最后一桌客人要的酒后，再往外看去，发现前男友和年轻男生已经不见了。

他们都离开了，店里所有的客人也都离开了，我一个人坐在店里，听着墙上电视机里传出的新年倒数声，外面偶尔路过往里面投来好奇目光的行人。

新年快乐。

我终于又是一个人了。

23 岁
巴托比症候群
患者的自述

1

推开办公室的大门，我同往常一样，没有看里面的任何人，径直走向了自己的工位，坐下，打开电脑，打开办公软件，打开工作聊天群。

一切就这样开始了。

我面无表情地在键盘上打字，右边的电脑一侧贴着今天待完成的事项。每做完一项，我就撕掉一项，全部撕掉，一天也就差不多结束了。

对于很多跟我一般年龄的年轻人而言，要在一家公司稳定待到两年，是一件极其困难的事。

试着想想，一个从小到大被学校和家庭束缚了二十几年，大学毕业后好不容易能够独立做出选择的年轻人，怎么会愿意乖乖就范迅速投入社会工作的运转机器里？不由得叹口气，说到底，我们的人生就是从一架庞大的社会机器到另一架庞大的社会机器。

　　我有个朋友毕业后选择了结婚，以此逃避乏味且令人疲惫的工作。还有个朋友，进入了一家国内排名前三的互联网大企业，发誓要在三十岁之前功成名就。而我，没有具体可行的目标，但在旁人眼里，至少是一个拥有体面工作的体面人，如果能在体面的年纪再嫁给一个体面的男人，就可以算是拥有称得上体面的人生了。虽然我才二十三岁。

　　我实习的时候就在这家公司，实习期间上司对我格外照顾。他是个三十多岁的男人，长相普普通通，刚结婚没几年有一个两岁多的孩子，可他总是跟我抱怨家里的琐事，觉得妻子不够体贴，孩子不够可爱。虽然他自己明明也很普通，但凡是在社会集体中拥有了一点权力的男人，总是会自命不凡，觉得如今得到的一切都配不上他。

　　所以在他提出想要和我交往时，我写了封举报信给公司大领导，举报上司对我职场性骚扰。

　　周围一大部分的人都觉得我肯定实习期一结束就得立马滚蛋，没想到滚蛋的不是我而是我的上司，他终于成功地远离了他觉得配不上自己的东西。当然不是我所在的公司特别正义，而是刚好他们本就打算开除我的这位上司，我的举报信不过是一个时机正确的引爆点。

　　更令公司同事惊讶的是，实习期结束后我继续留在了公司工作。大概性骚扰这件事，哪怕我是受害人，对于大多数人而言也同样是一个污点，可我就这么大无畏地继续留在了之前的部门继续工作。可举报信这件事，让我的同事和领导都对我心怀警惕，所以我在公司毫无存在感，两年了依然做着最基础的工作。

"你就不能辞职换家公司吗？"朋友不解，觉得我的脑袋估计被门夹得够狠。

我喝了口杯子里的咖啡，转而问了她另一个问题："你听说过巴托比症候群吗？"

朋友奇怪地看了我一眼，问："那是什么鬼？"

2

巴托比是美国作家梅尔维尔笔下一位在律师事务所工作的职员。

巴托比是一个非常古怪的人，他从来不喝任何酒精饮料，也不阅读任何书籍报纸，常常望着窗外凝视许久，还直接住在办公室里，哪儿也不去，甚至连周末也不例外，每当有人请他聊一些关于自己的事情，或者交代他去做一项工作时，他总是这么回答："我宁愿不做。"

比起做，宁愿什么都不做。

后来有作家以此形象杜撰出"巴托比症候群"一词，特指那些对文学创作持消极态度，甚至拒绝继续进行创作的作家。

朋友一脸莫名其妙的表情，透露出她觉得我可能精神不太正常的想法："你最近是不是加班加多了？"

我叹了口气："我觉得我也是巴托比症候群患者，比起去选择做什么，我宁愿不做，我是拒绝选择生活的人。"

我不是因为有多么优秀，才继续留在这家公司里，而是公司为了防止我爆料给媒体，才用让我留下来工作为交换。我不是精神多么坚毅吃苦耐劳，可以在一个工作岗位干上两年，而是我不愿意做出离开的选择。

选择一样东西，就意味着要彻底拒绝另一个可能，这是艰难的决定，因为你拒绝的是一个还有可能变得幸福的机会。

所以到头来，我一事无成，做着别人给我布置的工作，然后守株待兔似的等待着一个契机，能够让我有勇气迈出脚步选择一种生活方式。

法国作家让·德·拉布吕耶尔的话："某些人的光荣或者优点在于写得好。至于其他人的，在于不写。"

而作为一个普通人，某些人的荣光在于他总能把生活过得井井有条有滋有味，而其他人，生活得失败的那部分，或许不应该生而为人。

这种可怕的想法，从很早之前就困扰着我。到了我二十出头的时候，愈演愈烈，甚至有段时间去做了心理咨询。

"你对自己太苛刻了，没有人是完美的。"

当然，心理咨询师的原话不是这样说的，但大概意思是这样。我又断断续续做了几次咨询，我发现我的困惑没有得到一点疏解，加上经济本不宽裕，于是就没再去了。

实习的公司是学校老师推荐的，我就这么被推着去了而已。

留下来继续工作，正好减去了我再去选择其他公司和面试的过程，顺其自然就留了下来。伟大的作家卡夫卡在生前不也只是一个默默无闻的打字员，每天被困在压抑的格子间里，用打字养家糊口，业余的时间写作，这样一写就写出了惊天之作。

或许有一天我也能做出一点惊为天人的事来，虽然我还不知道那是什么。

下班，同事们在他们自己的聊天群里约着去吃饭，我自然不在其中，只是从他们略带鬼鬼祟祟的神情和话语中猜测到的。虽然他们"排挤"我，却又不敢大张旗鼓。我对他们的业余生活没有半丝半毫的兴趣，收拾好东西，便往地铁站走去。

夜幕降临，商贩们陆续出摊，从公司走到地铁站的几百米距离，有各种小吃摊，煎饼果子、章鱼烧、烤五花肉串、炒板栗……我一路闻着香味，走到煎饼果子的小摊前，要了一份。

地铁里不能吃东西，于是我一边咬着煎饼一边往附近的公交车站台走去，路程差不多够我吃完。

"嘿，好久不见。"一个声音叫住了我。

我回头，认出了对方，是许久不见的大学同学。他穿着一套廉价的西装，戴着金丝眼镜，拎着公文包，冲我笑笑。

之前听说他好像进了公司上班不到三个月就离职了，然后找人投资开始创业，后来朋友圈就没了踪影，我对他人的生活不感兴趣，所以对他的突然出现没有露出太多的惊讶。

他看了我眼我手里的煎饼果子，对我说："你晚饭就吃这个吗……我还没吃，我请你吃吧。"

于是，我们就近选择了一家快餐店。我只要了一杯咖啡，他点了一个套餐，拿起汉堡先咬了一大口："一天没吃东西了，好饿。"

他说他到这边是来见客户的，之前的创业失败了，现在他有个新的项目，投资差不多快到位了，现在就是跑跑客户资源。

"你现在工作顺利吗？"他问我。

我眨了眨眼，喝了口咖啡："还行吧。"算不上顺利，也算不上不顺利，每天按时处理完手里的事情，就这么简单。

"要不，你考虑考虑来我公司？"他说，"虽然前期可能苦点，但等干出来后我给你干股，你现在的公司就算干到三十岁月薪也不过几万块，给人打工赚不了钱，还是要自己创业啊。"

我说："我没想过创业。"

"没事，很多事情也不是非得想明白，人生很多事情就是一个契机，你看今天我们能够遇到就是缘分，可能你未来的人生就会因为我们今天的见面而改变呢。"他吃完汉堡，擦了擦手，又开始吃薯条，喝了一大口可乐后，继续说，"读书那会儿，我就挺欣赏你的，感觉你做事很稳，我公司现在需要你这样的人来帮我，你考虑考虑，薪水好商量。"

我们又坐着聊了一会儿，就各自离开回家了。

3

不上班的时间，我也几乎什么都不干。待在出租屋里发呆，饿了就点外卖，晚上的时候会出门走走，我就是在那时遇到前领导的。

他一个人坐在咖啡店吃三明治，我买完咖啡回过身就看见了他，他也看见了我，我们两个人彼此愣了愣，随后竟然心平气和地坐在一起聊了会儿天。

"你还没离职？"他对于我继续待在公司里这件事表示了诧异，"你那个岗位能做两年，不知该夸你还是说你没有长进，如果我没离开的话肯定早给你升职了……"看见我的眼神后，他知趣地闭上了嘴，又咬了一口三明治。

"你呢？"我问。

"我在跟人创业呢。"他说，"我这个年纪的员工，很难再找到同样岗位的工作，要不就是往下走去那种小公司里当个经理，对我来说没意思，不如创业。"

"那你。"我想了想，重新组织了遍话语，"当年我处理的方式可能不太君子，打小报告这事……"

"没事。"他摆摆手，一副无所谓的样子，"就算没有你的举报信，我也会离开公司的。一个聪明的员工，懂得在对的时间退出，我不过是一直苦苦支撑着过去那些空虚的表象。"

我拿着咖啡离开，他还在位置上继续工作。说实话，他看上去老了不少，刚才我看了眼，他左手上的无名指已经没有戴着戒指。

生活就是这样吧，我轻轻叹了口气，只有手里的咖啡还是暖热的，让我感受到当下的存在。

大家好像都为了一个崇高的理想，不断努力前进着，而只有我还在原地踏步，生活除了家里和公司那点方寸之间的事，就什么也没有了。是只有我一个人这么不求上进吗？生活，就是生活本身，没有任何人能超越生活，把生活崇高化的理想，不过是弄虚作假赋予人生某种意义。事实上超过百分之九十九的人，天性都倾向"不做"，就好像那些巴托比作家一样，倾向"不写"。可以说是懒惰，但懒惰的背后是害怕做错。

4

那个毕业就结婚的同学，最近离了婚，拿到了孩子的抚养权。前夫不是小气的人，给了她一笔合理的抚养费。

她神清气爽地出现在我们的聚会上，小孩让家里的父母帮忙带着，化着漂亮的妆容，一点也不像刚离婚的样子。

本来她曾经是我们这些同学里最让人瞧不上的类型，一毕业早早结了婚，怎么看都不像时下的独立女性，读书的时候依赖家里的父母，结婚后依赖家里的老公，所以对于她婚姻破灭，大家都有一种理所应当的感觉。毕竟对当时的我们而言，一个最好看的自杀方式，就是结婚加朝九晚五，或左轮手枪。

可现在大家坐在一起，她穿的衣服是最贵的，皮肤养护得最好，看上去笃定自信，有了车有了房还有了孩子，最关键的是她才二十出头，并且单身。

我问她："离婚了不难过吗？"

她喝了口饮料，撩了撩头发，淡淡道："有什么好难过的，大家都是为了更幸福的生活，所以才决定结束掉不好的关系。"

　　想到她当初的婚礼，她和她的前夫两人因为感动而哭得稀里哗啦，双方都觉得遇到对方是命运给予的最好的礼物。婚礼致辞上，她说，因为遇到当时的丈夫而觉得自己的人生被拯救了。

　　我问她，现在还会这样觉得吗？

　　"觉得啊。"她冲我俏皮地眨了眨眼，"可什么都靠爱来拯救，爱也不够用啊，爱是最虚无的，爱只是众多欲望中的一种，它不是万能的。"

　　其他同学投去不以为意的目光，可我觉得或许她才是我们之中活得最通透的人。

　　"我现在在找工作，毕业两年，除了家务我什么都不会干。"

　　我说："如果换作是我，一定会很手足无措。"

　　她点点头："确实是，可你怎么能奢求生活总是一帆风顺。虽然这个开始对我很难，但总要先踏出去，先遇到点什么。"

　　后来大家吃完饭，都各自散场。只剩下我和她两个人，她今天没有开车，我们两个人在路边等车。

　　她看向我，问："最近工作顺利吗？"

　　我愣了愣，不知道该怎么回答她的这个问题："算顺利吧，因为我也不知道还能干别的什么。"

　　她安慰我道："我们大多数人都有一个又一个人生的目标，考证、恋爱、结婚、还清账单，多少岁之前攒够房子首付，多少岁之前要换一辆卡宴，却没有自己的人生方向，不知道自己究竟想要过一种怎样的生活。"她轻轻叹了口气，"这些也是我结婚后才发现的。可人生是一种状态，不是目的，不是结果，但大多数人都搞错了，所以当他们还清了账单，买到了房子车子，可回想自己的一生却并不觉得快乐。"

"那我怎么才能知道自己的人生方向是什么？"

"去体验。"她笑道，"以前我常听别人说人生要注重体验，我还不太明白，现在明白了，因为我们活着本身就是体验，从头到尾都是，所以你必须去创造你喜欢的体验，在体验过程里会找到那么一两件让你感兴趣想要去做的事情，当然，它们也不会成为你人生的全部，到了某一阶段我们又会调整航向，重新去寻找当下更感兴趣的体验。"

她叫的车来了，她冲我挥了挥手，拉开车门："我相信你可以找到想要的人生状态。"

我一个人站在路边恍了下神，夜风温柔，让人昏昏欲睡。有人可以很早遇到人生"觉醒"的时刻，有人可能一辈子也不会遇到这样的时刻。

此刻的我，没有人可以拥抱，也没有目标可以满怀感激地献身。

5

朋友的公司最近在准备一个路演活动，很多创业者和投资人都会去。她发了一张邀请函给我，说去感受一下现场的气氛，没准能唤起我对生活的热情，找到想要去做的事。

在现场，我遇到了前领导，快四十岁的人坐在一群二三十岁的年轻人里，略显扎眼。更难得的是，我竟然从他的神色里看到了一丝紧张，那是少年人才会拥有的情绪。

不过前领导的那个项目糟糕得连一个刚大学毕业的年轻人都能看出满身破绽，但在他眼里就如同心爱的小情人，即使长得不好看，他仍然对它倾注满心热情，引以为傲。

他结束演说下台，下面只有零星的一点掌声，同情成分更多。我想到以前在公司开会，他随便一句话，就能得到大家的热烈反馈。

他看见了我，脸上闪过一丝惊讶，而后耸耸肩无奈地笑了笑，仿佛在说"没想到我也有今天吧"。

我却有点感动，这个因我一封举报信失掉工作的中年男人，原来还有这样的一面，持之以恒，心无旁骛，不为任何外在眼光或为满足自身虚荣去做一件事，这本身就是一种伟大。

离开路演现场，我在路边买煎饼果子。等待的中途，我拿出手机点开朋友圈，没想到一个很久没有联系的同学在朋友圈里破口大骂。他被之前我在地铁站遇到的同学以创业为名骗了不少钱，现在对方玩消失，仿佛从整个人间蒸发了。

我不知道该不该安慰他，犹豫之间手指比我更快地做出了决定，摁熄了手机页面。

只要踏出去，就会有遇到失败的可能性。但如果不踏出去，便连最虚无的希望也不会遇到。

我想到了詹姆斯·斯蒂芬说过的话，"我们立于大雪弥漫、浓雾障眼的山口，我们只能偶尔瞥见未必正确的路径。我们待在那儿不动，就会被冻死；若是误入歧途，就会摔得粉身碎骨。我们无法确知是否有一条正确的道路。我们该怎么做呢？"